나의 책

김
사
과
　장
　편
　소
　설

창비

차
례

바닷가 도시

지루함으로 단단하게 굳어진 바위 같은 표정, 그게 어른들이 짓는 표정이었다.

어른들은 바다를 보면서도 바다에 대해 생각하지 않았다.

생각은 다른 것들로 꽉 차 있었다.

언젠가 나도 그렇게 될 것을 생각하면 몹시 우울해졌다.

1

우리들은 바닷가에 살았다.

2

방파제 끝에 서면 언제나 센 바람에 몸이 흔들렸다. 고개를 들면 파도가 두 눈을 가득 채웠다. 파도는 왼쪽에서 오른쪽으로, 다시 왼쪽으로 밀려왔다 멀어지며 하얀 물거품을 만들어 냈다. 물거품은 스펀지 같기도 하고 작은 눈 뭉치 같기도 했다. 작은 물거품이 내 몸에 닿아 흔적 없이 사라지는 것을 보면 기분이 좋았다. 그래서 나는 매일 방파제에 갔다. 몹시 추운 날에도 몹시 더운 날에도 갔다. 센 바람이 나를 한 뼘, 아니 두 뼘 왼쪽에서 오른쪽으로 옮겨 놓을 때도 있었다. 그래도 나는 안 무서웠다. 파도에 이는 물거품을 보고 있으면 겨울이, 한 번도 본 적 없는 흰 눈이 생각났다. 그러면 난 어느새 겨울에, 눈 내리는 벌판에 서 있었다. 파란 바다는 전부 흰 눈 벌판이 되었다. 바닥에는 겨울이 데굴데굴 굴러다녔다. 엎드리면 겨울이 내 등을 타고 데굴데굴 굴러갔다. 데굴데굴 굴러 파도 속으로 뛰어들어 흔적 없이 녹아 버렸다. 난 가만히 서서 흔들리는 몸을 꼭 누르고 그 겨울 벌판을 두 눈에 깊이 새겼다.

나를 빼면 방파제는 언제나 까맣게 탄 남자아이들로 가득했다. 나는 그 아이들을 잘 알았다. 왜냐하면 우리는 모두 같은 학교를 다녔기 때문이다. 왜냐하면 학교가 하나밖에 없었기 때문이다. 왜냐하면 우린 아주 작은 도시에 살고 있었기 때문이다. 아이들은 방파제 끝에 서서 팔짱을 끼고 가만히 물을 내려다보다 갑자기 뛰어들고는 했다. 물 위로 젖은 머리가 튀어나왔는데, 그 얼굴은 활짝 웃고 있었다. 마르고 튼튼한 팔이 물을 헤치고 나와 방파제를 기어오르기 시작했다. 아이들은 서로의 젖은 등을 두드렸다. 웃고, 소리 질렀다. 노래를 부르고 춤을 추었다. 머리를 흔들면 물방울이 어깨로 내려앉았다. 그건 눈이 부시게 반짝거렸다.

그날도 나는 그 시끄러운 아이들을 지나치고 있었다. 한 아이가 웃으며 장난치듯 내 머리카락을 잡아당겼다. 난 가방을 두 팔로 꼭 껴안고 걸음을 빨리했다. 그러자 그 아이가 욕을 하며 나를 쫓아

왔다. 난 겁이 나서 바닥의 돌을 주워 던졌다. 그 아이는 내가 던진 돌에 맞아 이마가 까졌다. 그 아이는 이마에 빨간 피를 묻힌 채 놀란 눈으로 날 쳐다봤다. 다른 아이들은 화가 난 원숭이들처럼 우우 소리를 지르기 시작했다. 나는 등을 잔뜩 웅크리고 가방을 더 꼭 껴안고서 더 빨리 걷기 시작했다. 아이들은 계속해서 우우 했다. 나는 정말 무서웠는데 아이들은 계속 소리만 낼 뿐 아무것도 하지는 않았다. 아무튼 그 뒤로 아이들은 더 이상 내 머리카락을 잡아당기지 않았다. 그런데 그건 훨씬 나빴다. 이제 내가 지나가면 아이들은 어깨를 웅크리고 수군거렸다. 웃지도 춤추지도 않았다. 그건 정말로 훨씬 나빴다. 난 그 애들이 웃으면서 바다로 뛰어드는 걸 보는 게 좋았기 때문이다. 하지만 아이들은 그러지 않았다. 난 가방을 열어 안을 들여다보았다. 필통과 공책과 거울이 들어 있었다. 난 거울을 꺼내 내 얼굴을 비추어 보았다. 그건 빛이 나지 않았다. 나는 거울을 들어 해를 비추어 보았다. 그건 빛이 났다. 아이들이 수군거림을 멈추고 나를 쳐다보았다. 난 계속 거울을 들고 걸었다. 계속 더 빨리 걸었다. 웃으려고 했는데 잘 되지 않았다.

3

어떤 날에는 배를 타고 나간 아빠들이 돌아오지 않았다. 해가 떠오르는 아침이 되어도 다시 별이 반짝거리는 밤이 되어도 돌아오지 않았다. 그러면 꼭 바닷가에는 머리를 쥐어뜯으며 엉엉 우는 사람들이 나타났다. 그 사람들은 기다렸다. 기다리고, 또 기다렸다. 하지만 아무 일도 일어나지 않았다. 해는 반짝거리고 별은 빛이 났다. 바다는 왼쪽에서 오른쪽으로 흔들렸다. 모든 게 똑같았다. 아무도 돌아오지 않았다.

어떤 날에는 용감한 아이가 용감하게 멀리까지 헤엄쳐 간 뒤 돌아오지 않았다. 그러면 용감한 아이의 엄마는 울부짖으며 모래밭을 가로질렀다. 운이 좋으면 시체가 바닷가로 밀려왔다. 그럴 때면 바람은 멈추었고 파도는 흔들리지 않았다. 시체 주위로 사람들이 몰려들었다. 아이들은 방파제에서 멀리 떨어진 채로 말없이 그것을 바라보았다.

어떤 날에는 외로운 사람이 스스로 바다 속으로 걸어 들어갔다. 그건 꼭 밤이었고, 우리가 알지 못하는 먼 곳에서 온 사람이었다. 그러면 며칠이 지나 자동차를 타고 온 사람들이 그 사람의 사진을 들고 하이웨이 슈퍼마켓의 문을 두드렸다. 하지만 하이웨이 슈퍼마켓의 할머니는 너무 늙어서 아무것도 기억하지 못했다. 해는 어느 때보다도 더 반짝거렸고 바다도 그랬다. 아이들은 물속으로 뛰어들고 나는 방파제 끝에 엎드렸다. 결국 아무도 돌아오지 않았다. 모든 것이 똑같았다.

4

한낮, 소리 없이 비가 내리고 있었다. 하늘엔 빛이 없었다. 난 옷을 다 벗은 채 텅 빈 방파제 끝에 서서 바다를 들여다보고 있었다. 파도가 소용돌이치며 내 몸보다도 커다란 물거품을 만들어 냈다. 바다는 아주 바빠 보였고, 그래서 난 바다에게 말을 걸 수가 없었다. 말없이 한참을 서 있으면 지루하다. 지루해진 나는 다시 옷을 입었다. 옷은 내 몸처럼 젖어 있었다. 난 가방을 껴안고 방파제를 되돌아 나오기 시작했다. 빗줄기는 어느새 강해져 있었다. 바람은 왼쪽에서 오른쪽으로, 다시 왼쪽으로 빙글빙글 돌았다. 나는 그것에 맞춰 비틀거렸다. 하늘은 커다란 바다였다. 그게 내 머리 위로 쏟아져 내리고 있었다. 바다가 바다 위로 쏟아져 내리고 있었다. 모래밭도, 길도 역시 바다였다. 비가 더 강해졌다. 커다란 파도가 방파제 위로 손을 뻗어 내 발목을 잡아당겼다. 나는 놀랐고, 울기 시작했다. 그러자 내 눈도 바다가 되었다. 내 뺨도 내 목도 어깨도 배꼽도 바다가 되었다. 그러니까 모두 다 바다였다. 우리는 모두 같았다. 그렇다면 같은 편이다. 난 파도, 하늘, 땅, 바다, 물과 같은 편이다. 그렇게 생각하자 갑자기 무서울 것이 하나 없었다. 난 파도였다. 난 하늘이었다. 난 땅이었고, 또 물이었다. 나는 두 팔을 높이 뻗었다. 가방이 바닥에 떨어졌다. 내리는 비와 나는, 나와 파도와 바다는, 땅과 물과 또 나는 모두 하나였다. 비가 더 강해졌고 그러자 나도 더 강해졌다. 우리는 모두 함께 강해졌다. 결국 나는 너무너무 강해져서 내가 누군지도 잊어버렸다. 내가 뭘 하고 있는지 어디로 가는지도 잊어버렸다. 나는 떨어진 가방에 대해 생각하지 않고 걷기 시작했다.

생각하지 않고. 가방에 대해서.

생각하지 않고.

생각하지 않고. 나쁜 것들에 대해서.

생각하지 않고.

생각하지 않고.

눈을 떴다. 온몸에서 비가 줄줄 흘러내리고 있었다. 나는 기뻤다. 나는 기뻤다.

5

엄마한테 혼이 났다.

감기에 걸렸고,

새 가방과 필통과 거울이 생겼다.

6

도시는 바닷가의 동쪽에 있었다. 그곳에 사는 우리는 모두 비슷비슷했다. 모두 같은 학교를 다니고 같은 영화관에서 영화를 보고 같은 햄버거 가게에서 햄버거를 먹었다. 우리는 모두 같은 꿈을, 그러니까 아무 꿈도 꾸지 않았다. 그냥 파도처럼 흔들렸고, 또 흔들리다가, 다시 제자리로 돌아왔다. 딱 한 명 물고기가 되고 싶은 아이가 있었다. 그건 b, 지금 내 옆에 앉아 있는 아이다. 그러면 물에 들어가서 나오지 않아도 되잖아. b가 말했다. 거기서 영원히 살수 있잖아. 그러니까 집세를 낼 필요도 없잖아. 시장을 볼 필요도 없잖아. 일을 할 필요도 없잖아. 학교에 갈 필요도 없잖아. 그러니까, b가 말했다. 돈이 없어도 되잖아. 가난해도 되잖아.

가난한 b가 말했다.

물에 들어가서 나오지 않고 싶어.

b는 손을 뻗어 무릎에 달라붙은 모래를 떨어냈다.

난 b의 다음 말을 기다렸다.

물고기가 되고 싶어.

b는 그렇게 말했다.

하지만 내 생각에 물고기가 되는 건 그렇게 쉬운 일이 아니었다. 물고기가 된다는 건, 내가 말했다. 몸에 비늘이 달린다는 뜻이잖아. 몸이 이렇게, 난 양 손바닥을 딱 붙여 b 쪽으로 쭉 뻗었다. 납작해진다는 뜻이잖아. 지느러미와 아가미가 달리고 다리가 없어진다는 뜻이잖아. 나는 주먹을 꼭 쥐고 몸을 흔들었다. 못생겨지잖아. 그렇게 되고 싶어? 그런 게 좋아?

어, 좋아.

b는 단호했다.

물에 들어가는 거야. 그리고 다시는 나오지 않는 거야.

우리는 모래밭에 앉아 있었다. 바다는 햇살을 받아 반짝거리고 있었다. 아주 근사한 봄의 금요일 오후였다. 꽃무늬 비키니를 입은 날씬한 여자들은 아무 데도 없었다. 그런 여자들을 꾀어내려는 잘 탄 남자들도 없었다. 여름에도 그런 사람들은 없었다. 왜냐하면, 우리가 사는 도시는 시시하니까. 서울에 가면, 안경이 말했다. 우리 반에 있는 텔레비전 열다섯 개를 합쳐 놓은 것만 한 텔레비전이 있어. 그런데 그건 내 문제집보다도 얇아. 안경은 우리 반 반장이었다. 안경은 서울에 대해서 말하고 있었다. 그런데 우리는 서울에 대해서, 물고기가 되는 법만큼도 아는 것이 없었다. 그러니까, 물고기가 되고 싶다는 꿈이 서울 사람이 되고 싶다는 꿈보다 그럴 듯하게 들렸다는 말이다. 그리고 안경은 서울 사람이 되고 싶어 했다. 그래서 열심히, 두꺼운 안경을 끼고 문제집을 풀었다. 나는 안경의 부모님이 참 대단하다고 생각했다. 안경을 쓰고 열심히 공부하게 될 것을 알고 안경의 이름을 안경으로 지어 준 것이라면 말이다. 안경은 우리들처럼 모래밭에 앉아 있지만 우리들처럼 멍청하게 시간을 보내지 않고 열심히 문제집을 풀었다. 그건 서울에 사는 안경의 이모가 사다 준 문제집이었다. 서울에 사는 똑똑한 아이들은 모두 그 문제집을 푼다고 했다. 안경은 그 문제집을 과목별로 모두 가지고 있었다. 안경은 특히 수학 문제집을 좋아했다. 그래서인가 수학을 아주 잘했다. 우리들은 안경을 수학왕이라고 불렀다.

수학왕 안경은 모래밭에 앉아 미지의 도형의 a변의 길이를 구하기 시작했다. 나는 서울에서 판다는 우리 반 텔레비전 열다섯 개를 합쳐 놓은 것만 한 텔레비전에 대해서 생각하기 시작했다. 그 텔레비전을 보는 나에 대해서 생각했다. 목이 아프지 않을까. 멀리 떨어져서 봐야겠지. 하지만 멀리 앉으면 텔레비전이 작게 보일 것 아닌가. 그렇다면 뭐하러 그렇게 큰 텔레비전이 필요한가. 생각 끝에 나는 그런 텔레비전은 필요하지 않다고 결론 내렸다. 그때 b가 자리에서 일어났다. b는 검은 바위들 쪽으로 천천히 모래밭을 가로지르기 시작했다. 하늘에선 갈매기들이 몰려다니고 있었다. b가 신발을 벗고 검은 바위들 위로 올라섰다. b는 한 발을 다른 바위로 옮겼다. 그리고 다른 쪽 발도 그렇게 했다. 그리고 다시, 반대편 발을, 다시, 다시,

b가 멀어지고 있었다.

나 집에 갈래.

안경이 말했다.

잘 가.

난 안경을 보지도 않고 말했다.

넌 안 갈 거야?

난 b와 갈 거야.

그래, 그럼.

안경이 자리에서 일어났다. 그리고 안경을 추켜올린 다음 걷기 시작했다. 안경이 멀어지고 있었다. b도 멀어지고 있었다. 멀리 방파제에서 아이들이 물로 뛰어드는 것이 보였다. 그 아이들도 멀어지고 있었다. 모두 다 멀리 있었다. 난 갑자기 무서워졌다. 난 자리

에서 일어나 b를 향해 뛰어가기 시작했다.

7

돌아오는 길에 나와 b는 하이웨이 슈퍼마켓으로 갔다. 가게 안엔 할머니뿐이었다. 우리는 공손히 인사를 하고 냉장고에서 보리차를 꺼내 마셨다. 할머니는 말린 조갯살을 탁자 가득 쌓아 놓고 한 주먹씩 작은 비닐봉지에 나눠 담고 있었다. 우리는 보리차를 얻어먹은 만큼, 그러니까 십 분쯤, 할머니를 도와주었다. 우리, 나와 b는, '품질 보증—수산업 협동조합'이라고 쓰인 스티커를 비닐봉지 한쪽에 붙였다. 할머니는 담배에 불을 붙이더니 밖으로 나갔다. 할머니는 문밖에 놓인 플라스틱 의자에 앉아 바다를 바라보면서 담배를 피우기 시작했다. 우리는 할머니에 대해 아는 것이 아무것도 없었다. 궁금하지도 않았다. 할머니도 그걸 알고 있었다. 아무도 궁금해하지 않아서 할머니는 말을 할 사람이 없었다. 그래서 조용히 보리차를 끓이고 조갯살을 담고 담배를 피웠다. 말없이, 그러니까 바다처럼 숲처럼 할머니는 늙어 가고 있었다.

8

하이웨이 슈퍼마켓에서 나와 조금 걸으면 오래된 골목길이 나왔다. 햇살을 받아 바삭바삭해진 골목길은 너무 조용해서 나는 b가 내는 숨소리까지 들을 수 있었다. 우리는 아무 말도 하지 않고 걸었다. 가끔 방향을 바꾸었고, 슬쩍 자동차를 피했다. 그러는 사이 천천히 도시가 나타나기 시작했다. 아쉬운 마음에 나는 자꾸만 뒤를 돌아보았다. 바다가 천천히 사라지고 있었다. 바다가 완전히 사라졌을 때, 모래밭과 언덕과 언덕을 덮은 숲이 더 이상 보이지 않게 되었을 때, 바람에서 모래 먼지와 소금기가 느껴지지 않게 되었을 때, 우리는 도시에 있었다. 도시에 있다는 건 아주 이상한 느낌이었다. 마치 거울 속에 갇힌 것 같았다. 어디를 보아도 나뿐이었다. 물론 나는 여전히 b와 있었다. 우리는 심지어 손을 잡고 있었다. 하지만 더 이상 b가 보이지 않았다. 들리지도 않고, 느낄 수도 없었다. 그건 정말 무섭고 이상한 기분이었다. 어, 우리는 도시에 있었다.

9

우리가 사는 도시는 우스웠다. 왜냐하면 그것은 서울을 흉내 내는 도시였기 때문이다. 그런데 그러면 그럴수록 서울이 아니라 바보처럼 되어 갔다. 사람들은 서울 자동차에서 차를 사고 서울 식당에서 밥을 먹었다. 안경은 서울 안경원에서 사고 여행은 서울 여행사를 통해서 갔다. 우리는 모두 그게 웃기다는 걸 알았다. 하지만 뭘 어떻게 해야 웃기지 않게 될지를 알 수 없었다. 우스워지지 않겠다고 결심한 사람들은 도시를 떠나 서울로 갔다. 그러니까 앞으로 안경이 그럴 것처럼. 아니면 안경의 이모가 그랬던 것처럼.

서울 여행사에서는 2박 3일짜리 서울 여행 패키지를 팔았는데, 매년 우리 학교는 그것을 사서 수학여행으로 썼다. 수학여행 첫날 우리들은 아침 일찍 서울역에 도착했다. 서울역은 하얗고 크고 새 것이었다. 너무 커서 우리 도시 전체를 서울역 속에 집어넣을 수도 있을 것 같았다. 우리는 서울에서 태어나 서울을 아주 잘 안다는 서울 토박이 안내원을 기다렸다. 그 여자의 이름은 사라였다. 우리는 사라를 기다리는 동안 설탕을 잔뜩 바른 미국식 빵을 먹으면서 서울의 세련된 사람들을 구경했다. 다들 똑바로 앞을 보고 빠르게 걸었으며 엄격한 표정을 짓고 있었다. 사라는 십 분 늦었는데 죄송하다고 말 안 했다. 사라는 갈색 파마머리를 하고 있었는데 그건 서울처럼 세련되어 보였다. 우리 반 남자애들은 벌써 사라와 사랑에 빠져 얼굴이 빨갰다. 사라는 우리를 서울의 심장으로 데리고 갔다. 거기엔 박물관, 영화관, 궁궐이 있었고 그것을 모두 구경하자 밤이었다. 둘째 날엔 명동과 백화점과 육삼 빌딩, 그리고 한강을 구경했다. 전망대에서 바라본 하늘은 쓰레기장 같았고 강은 늪 같았다. 거기엔 갈매기도 옷을 벗고 뛰어드는 아이들도 없었다. 저녁에는 대나무 정원이 있는 식당에서 궁중식 불고기를 먹었다. 그건 우리나라 음식이었는데 하나도 우리나라 음식 같아 보이지 않았다. 마지막 날 우리는 지하철역과 붙어 있는 커다란 지하 쇼핑몰에 갔다. 거기서 나는 화장실을 찾다가 길을 잃었다. 나는 겁에 질려서 울지도 못했다. 너무 많은 사람들이 나를 향해 몰려들고 또 몰려갔다. 그 사람들이 나와 똑같은 말을 쓴다는 걸 알았지만 어쩐지 누구에게도 말을 걸 수가 없었다. 차츰 나는 겁에 질린 커다란 두 개의 눈이 되어 갔다. 마침내 사라가 나를 찾아냈을 때 나는 그제야 울음을 터뜨렸다. 사라가 날 안아 주었다. 사라의 몸에서는 서울같이 근사한 냄새가 났다.

몇 년 후 이 도시에도 그 지하 쇼핑몰을 흉내 낸 커다란 쇼핑몰이 생겼다. 그 쇼핑몰에는 미국식 설탕 빵을 흉내 낸 빵을 파는 빵집과 대나무 정원이 있는 식당을 흉내 낸 식당이 들어섰다. 흉내낸 옷 가게와 흉내 낸 술집, 흉내 낸 영화관이 있었다. 쇼핑몰은 성공했다. 거기에 가면 약간의 서울을 느낄 수 있었고 그게 사람들을 행복하게 만들었기 때문이다. 약간의 서울을 느끼는 것만으로도 사람들은 만족했다. 우스워지는 걸 견디어 내는 데는 그 정도로 충분했다.

10

언덕의 북쪽에는 버려진 사람들이 모여 살았다. 그곳의 이름은 끝이었다. 절대로 길을 잃으면 안 된다. 할머니는 항상 그렇게 말했다. 길을 잃으면 끝에 가게 되니까. 길을 잃은 많은 아이들이 끝으로 들어가서 다시는 나오지 못했다고, 할머니는 내게 말해 주었다. 끝은 정신병자, 사기꾼, 창녀, 도둑, 고아와 살인자가 모여 사는 곳이라고 할머니는 말했다. 그런 사람들에 대해서 내가 아는 것은 영화나 만화책에서 본 것뿐이었다. 그리고 영화와 만화책에서도 그런 사람들은 모두 할머니가 말한 끝 같은 곳에 모여 살았다. 모두 물 대신 독한 술을 마시고 싱싱한 것 대신 썩은 것을 먹고 아무도 학교나 회사에 다니지 않았다. 길거리에는 시체가 놓여 있고 집에는 쥐와 바퀴벌레가 돌아다녔다. 나는 언젠가 텔레비전에서 하는 영화를 본 적이 있다. 주인공은 악당을 찾기 위해 끝과 비슷한 데로 갔다. 길은 어둡고 젖어 있었고 찢어진 옷을 입은 정신 나간 사람들이 주인공에게 다가왔다. 나는 무서워 깊이 잠든 할머니를 깨웠다. 할머니가 무슨 일이냐고 물었고 나는 텔레비전을 가리키면서 할머니가 말한 끝이 저렇게 무시무시한 데냐고 물었다. 그러자 할머니는 텔레비전을 보지도 않고 바로 그렇다고 대답했다.

난 아프거나 쓸쓸할 때면 꼭 끝에 가는 꿈을 꾸었다. 꿈속에서 b는 끝에 살았다. b가 끝에 사는 이유는 물고기가 되어 가고 있었기 때문이다. 도시의 사람들은 물고기가 되어 가는 b를 본다면 경찰서에 신고하거나 동물원에 가둘 테지만 끝에서는 안 그랬다. 거기 사람들은 아무도 그런 것에 신경 쓰지 않았다. 물고기가 되어 가고 있어요. 집이 필요해요. b가 팔에 난 비늘을 긁으며 그렇게 말하자 끝에 사는 아저씨는 아 그러냐 난 접시가 되어 가는 사람을 안다고 말하더니 b에게 방을 하나 구해 주었다. 그렇게 물고기가 되어 가는 b는 접시가 되어 가는 사람의 옆집에 살게 되었다. 내가 b를 찾아갔을 때 b는 이불을 뒤집어쓰고 있었다. 내가 안녕, 하자 b는 이불에서 기어 나왔다. b의 가슴은 비늘로 가득했고 빛을 받아 무지개 색으로 반짝거렸다. 만져 봐. b가 말했다. 난 만졌다. b의 가슴은 얼음처럼 차가웠다. b는 완전히 물고기가 될 때까지는 여기서 나가지 않을 거라고 했다. 완전히 물고기가 되면, b가 말하며 목을 긁었다. 네가 날 바다에 넣어 줘. b의 짧고 굵어진 목에는 어렴풋이 붉은 선이 그어져 있었다. 아가미가 생겨나는 중이었다. b가 내 손을 잡았다. b의 손가락은 뭉툭해져 있었다. 넌 매일 여기 와서 내가 물고기가 되었나 안 되었나를 살펴봐야 해. 안 그러면 난 죽어 버릴지도 몰라. b가 다시 목을 긁었다. 그러더니 b는 이상한 소리, 그러니까 쉭쉭 하고 바람 빠지는 소리를 내기 시작했다. 얼굴이 조금씩 뾰족해졌다. 눈이 조금씩 멀어졌다. 나는 뒤로 물러났다. b의 얼굴이 은빛으로 빛나기 시작했다. 나는 비명을 질렀다. 언제나 그 장면에서 꿈에서 깨어났다. 그러면 난 울면서 할머니에게로 달려갔다. 할머니는 잠에서 깨지 않았지만 그래도 할머니의 품은 비늘 따위는 없었고 따뜻했다. 할머니, 나는 속삭였다. 나는 물고기가 되지 않을 거예요. 난 아무것도 되지 않을 거예요. 그러고는 할머니의 팔을 꼭 껴안고 눈을 감았다. 나는 곧 잠에 빠져들었고, 아무 꿈도 꾸지 않았다.

11

가끔은 시험을 잘 쳤다. 가끔은 못 쳤다. 가끔 열심히 공부했다.

가끔은 하나도 안 했다. 가끔 숙제를 열심히 했다. 가끔 하나도 안 했다. 그래도 엄마와 아빠는 상관하지 않았다. 내가 백 번 숙제를 해 가도 내가 백 번 숙제를 안 해 가도 엄마와 아빠는 상관하지 않았다. 엄마와 아빠는 매일 얼굴을 찌푸리고 있었고 항상 다른 일로 바빴다. 보통은 자고 있었고 가끔 아무것도 안 하고 가만히 앉아 있을 때는 피곤하다, 저리 가라, 하고 말했다. 그래서 난 화가 났다. 화가 나서 백 개의 밀린 숙제를 가지고 엄마에게 가서 왜 나를 낳으셨나요, 하고 묻고 싶어졌다. 하지만 결국 묻지 않았다. 나도 엄마나 아빠에게 신경 쓰지 않기로 했다. 아니 신경 안 쓰는 척하기로 했다. 난 대신 할머니에게 갔다. 할머니의 무릎에 누워 눈을 감으면 할머니는 재미있고 오래된 이야기를 해 주었다. 내가 전혀 모르는 것들, 끝과 배고픔과 전쟁에 대해서 이야기해 주었다. 그때 할머니는 조금씩 어려지고 있었다. 사탕을 좋아하기 시작했고 하루에 백 번씩 서랍에 든 옷을 꺼내 폈다가 접었고 자꾸만 밥 먹는 걸 잊어버리고 화를 냈다. 하지만 나에게 이야기해 줄 때 할머니는 어린애 같지 않았다. 할머니는 전부 다 기억했고 훌륭하게 말했다.

이 층에 있는 내 방 창문을 열면 우리 집과 똑같이 생긴 이층집들이 보였다. 밤이 되면 그 집들 위로 교회의 십자가들이 빛을 내기 시작했다. 그 빛에 가려 별들은 희미해졌다. 난 창을 닫고 침대에 누워 숙제를 하거나 하지 않았다. 책상에 앉아 시험공부를 하거나 하지 않았다. 배가 고파지면 할머니가 나를 불렀다. 그럴 때까지 난 숙제를 하기보다는 가만히 침대에 누워 있을 때가 더 많았다. 책을 읽지도 음악을 듣지도 좋아하는 남자애를 떠올리지도 않았다. 시간은 전혀 흘러가는 것 같지 않았고 그래서 마치 미지근한 웅덩이 같았다. 닫힌 방 안의 공기처럼 모든 게 조용하고 가만히 있었다. 그게 나의 세계였다. 난 그게 좋았다.

12

학교의 선생님들은 나를 좋아하지 않았다. 특히 담임 선생님이 나를 미워했다. 내가 모든 것을 열심히 했다가 안 했다가 그랬기 때문이다. 그런데 그해 봄부터는 남자애들도 나를 미워하기 시작했다. 그건 이유가 없었다. 그리고 날 미워하는 선생님들은 그걸 모르는 척했다. 어느 날 나는 운동장 한가운데에 엎어졌다. 어떤 남자애가 나를 주먹으로 때렸기 때문이다. 나는 바닥에 넘어져 한 바퀴를 굴렀다. 그러자 남자애의 친구들이 하하하 웃었다. 코에서 피가 났고, 하늘이 아주 잘 보였다. 열 명쯤 되는 남자애들이 날 내려다보고 있었다. 이제 무엇을 해야 하나 곰곰이 생각하는 듯한 표정이었다. 난 계속 하늘을 보았다. 남자애들은 계속 나를 보았다. 고개를 옆으로 돌리자 남자애들의 가랑이 사이로 저 멀리 흰색 꽃 양산을 쓰고 걸어가는 담임 선생님이 보였다. 양산에 그려진 꽃은 백합이었다. 난 선생님이 날 보았다는 걸, 하지만 모른 척하고 있다는 걸 알았다. 남자애들도 물론 그걸 알았다. 그래서 나도 똑같이 모른 척했다. 우리 모두 모른 척했다. 그리고 한 남자애가 내 쪽으로 힘껏 발을 뻗었다. 나는 오른쪽으로 굴렀다. 다시 왼쪽, 다시 오른쪽으로 굴렀다. 구르면서 모두가 날 보고 있다는 생각이 들었다. 그러니까 하늘이, 학교가, 선생님이, 그리고 안경이, b가, 할머니가, 아빠가, 엄마가, 모두 날 보고 있었다. 하지만 다들 모른 척하고 있지. 그렇게 생각하니까 슬퍼졌다. 하지만 참았다. 있는 힘을 다해 눈물을 참았다. 그런데 갑자기 구르지 않게 되었다. 눈을 뜨자 b가, 어, b가 보였다.

b는 양손에 리코더를 하나씩 쥐고 남자애들을 향해 휘두르며 달려오고 있었다. 그런 b는 돈키호테 같았다. 남자애들이 어, 어, 하면서 물러섰다. 나는 몸을 일으켰다. 돈키호테가 내 손을 낚아챘다. 여전히 한 손으로는 리코더를 흔들고 있었다. 나는 돈키호테의 손에 이끌려 미끄러지듯이 그곳에서 벗어났다. 백합꽃 양산이 차츰 가까워지다가 다시 멀어졌다. 곧 초록색 교문이 나타났다. 교문을 나서자 다섯 개의 문방구가 우리를 환영해 주었다. 내 오른손은 코피로 젖어 있었고 그걸 b의 빠른 손이 잡고 있었다. 나는 두 번째 문방구에서 안경을 발견했다. 안경은 아이스크림을 고르고 있었다. 한 손에는 문제집을 든 채였다. 안경! 난 소리쳤다. 안경이 놀란 표정으로 나를 보았다. 난 손을 흔들었다. 안경의 모습은 순식간에 멀어졌다.

곧 우리는 서울 슈퍼를 지나쳤다. 그리고 하하하 노래방과 편의점을, 서울 여행사와 서울 식당, 서울 치과와 서울 안과, 그리고 또 다른 서울, 서울, 서울을 지나쳐 우리는 계속 달렸다. 코를 빨갛게 물들이고 나는 달렸다. 한 손에 두 개의 리코더를 쥐고 b는 달렸다. 숨이 차올랐다. 혓바닥이 너덜거렸다. 손에 묻은 피가 말라 가루가 되어 떨어졌다. 하늘이 흔들렸다. 갈매기 떼가 머리 위에서 빙글빙글 돌기 시작했다. 뺨에 짠 모래가 달라붙었다. 빛바랜 낮은 집들이 나타났다. 길이, 다시 하늘이 넓어졌다. 그러더니 길이 사라지기 시작했다. 사라지는 길 위엔 모래가 흩어져 있었다. 마침내 길이 완전히 사라지고, 우리는 모래 위로 뛰어내렸다. 고개를 들자 하늘이, 창백한 해가, 그리고 방파제가 보였다. 파도가, 그리고 그 위로 낮게 깔린 구름이 보였다. 바다가 보였다.

13

처음에, 물은 차가웠다. 두 번째로, 물은 역시 차가웠다. 세 번째로, 물은 역시 차가웠다. 나는 고개를 물속에 처박고 다리를 쭉 뻗었다. 네 번째로, 물은 아직 미지근했다. 나는 다시 팔을 뻗었다. 다섯 번째, 드디어 물이 따뜻해지기 시작했다. 나는 물 위로 떠올랐고, 다시 가라앉았다. 눈을 뜨고, 팔을 다시 뻗었다. 물속에서 흔들리는 바위들이 보였다. 그것들은 멀어지고 있었다. 나는 뻗은 손을 끌어당겼다. 그러자 바위들이 순식간에 내 눈앞으로 다가왔다. 나는 양손으로 얼굴을 감싸 안았다. 파도가 내 등을 가볍게 누르는 것이 느껴졌다. 나는 기다렸다. 좀 더 기다렸다.

지금이야.

몸을 뻗자 빛이 나를 향해 쏟아져 내렸다. 보이는 건 하늘, 그 하늘은 잘 익은 오렌지의 색이었다. 그리고 b가 내 손을 잡았다. b는 물고기처럼 젖어 있었다. 나는 웃었다. 쉿. 파도가 다가오고 있어. 난 b가 가리키는 곳을 보았다. 아주 많은 물과, 또 물거품이 우리를 향해 밀려오고 있었다. b가 파도를 노려보며 숨을 골랐다. 나는 물에서 손을 꺼냈다. 피는 흔적 없이 씻겨 있었다. 코는 아직도 조금 부어올라 있었고, 뜨거웠다. b는 계속해서 파도를 노려보았다. 하늘 위에서는 새들이 찌그러진 동그라미를 그리고 있었다. 나와 b는 목을 내민 채로 가만히 흔들렸다. 지금이야. b가 말했다. 나는 숨을 들이마셨다. 하나, 둘. b가 내 손을 꼭 쥐었다. 우리는 다시 물 속으로 미끄러져 들어갔다.

14

셋.

15

더 이상 물에서 놀지 않는 사람들은 어른이라 불렸다. 어른들은 도시에서 일하는 사람들이었다. 어른들은 하늘을 보지 않는 사람들이었다. 어른들은 구름과 별, 그리고 갈매기와 바다에 대해서 더 이상 생각하지 않는 사람들이었다.

어른들은 아이들을 위해서 주말마다 돗자리와 먹을 것을 들고 바닷가를 찾았다. 아주 지겨운 표정이었다. 여자인 어른들은 커다란 밀짚모자를 쓰고 한 시간에 한 번씩 얼굴과 팔에 선크림을 문질렀다. 남자인 어른들은 다리를 쭉 펴고 앉아 신문을 읽었다. 그리고 반복해서 말했다. 멀리 가지 마라. 깊은 데 가지 마라. 춥다. 덥다. 울지 마라. 시끄럽다. 조용히 해. 가만히 좀 있어! 지루한 어른들은 다 함께 모여 한 손에는 맥주를 든 채 담배를 피우고 옷에서 모래를 떨어내며 투덜거렸다. 밤이 오면 어른들은 불을 피우고 고기를 구웠다. 가끔 술에 취한 아저씨가 늑대 같은 소리를 내며 뛰어다니다가 바다로 뛰어들기도 했다. 하지만 금방 나왔다. 지루하다는 표정이었다. 어떻게 해도 지루하다. 지루함으로 단단하게 굳어진 바위 같은 표정, 그게 어른들이 짓는 표정이었다. 어른들은 바다를 보면서도 바다에 대해 생각하지 않았다. 생각은 다른 것들로 꽉 차 있었다. 언젠가 나도 그렇게 될 것을 생각하면 몹시 우울해졌다.

16

나와 b는 화요일마다 혼자에 갔다. 혼자는 시내에 있는 커피 가게의 이름이다. 어른들은 그 이름이 아주 우습고 이상하다고 생각했다. 하지만 나와 b는 멋있다고 생각했다. 이런 시시한 동네에 어울리지 않는 아주 멋진 이름이라고 생각했다. 과연 혼자의 주인은 서울에서 왔다. 혼자의 주인은 언제나 멋있는 선글라스를 끼고 가게 앞 파라솔에 앉아 멋있는 제목의 책을 읽었다. 현대 문명의 비극, 월 스트리트 제국의 몰락, 뭐 그런 책들을 말이다. 스피커에서는 바닷가 도시에 잘 어울리는 노래가 흘러나왔다. b는 그곳에서 일하고 싶어 했다. 하지만 혼자의 주인은 b에게 지금은 너무 어리니까 이 년 뒤에 시켜 주겠다고 했다. 그러니까 고등학생이 되면, 이라고 혼자의 주인은 말했다. 그래서 b는 고등학생이 되기를 기다리고 있었다. 난 정말 고등학생이 되기 싫은데, 하고 말하면 b는 내가 공짜로 커피를 줄게, 하고 말했다. 파라솔에 앉아서 숙제를 하면 되잖아. 어, 그건 좋다. 난 대답했다. 그러면 b가 미소 지었고 난 고등학생이 되어도 좋은 일이 한 가지 정도는 있으니 다행이라고 생각했다.

화요일마다 우리가 혼자에 갔던 이유는 화요일 낮에는 음료수를 반값에 팔았기 때문이다. 왜냐하면 화요일 낮 혼자에는 손님이 하나도 없기 때문이다. 손님이 하나도 없을 때 우리는 공짜로 오렌지 주스를 얻어먹기도 했다. 하지만 b는 오렌지 주스가 싫었다. b는 죽어도 커피를 마시겠다고 했다. 처음에 주인은 우리에게 커피를 안 팔겠다고 했다. 왜요? 너무 어리니까. 커피와 어린 게 무슨 상관이에요? b가 그렇게 물으면 혼자의 주인은 거참 난감하다는 표정을 지었다. 그러고는 오 분쯤 지나 그래, 졌다고 말하며 커피를 반 잔씩 만들어 주었다. 그러고는 꼭 이번이 마지막이라고, 너희는 커피를 마시기엔 너무 어리니 고등학생이 되면 보자고 말했다.

손님이 없는 시간에 커피와 담배 냄새가 배어나는 혼자의 낡은 녹색 소파에 누워 바닷가 도시에 어울리는 노래를 들으면 아주 근사한 기분이 되었다. 게다가 여긴 정말로, 어, 바닷가 도시니까. 벽장에는 책이 잔뜩 꽂혀 있었고 혼자의 주인은 가만히 가만히 책을 고르고 있었다. 그럴 때 혼자의 주인은 왠지 참 잘생겨 보이기도 하고 부자 같아 보이기도 하고 천재 같아 보이기도 했다. 그 남자, 가게는 그냥 취미로 하는 거래. 어느 날 엄마가 아빠에게 말하는 걸 들었다. 밤이었고, 난 거실 소파에 누워 있었다. 사실은 서울에서 선생님 같은 걸 했었대. 아냐, 자동차 판매원이었다고 하던데. 아빠가 말했다. 내 생각엔 서울 여행사의 먼 친척인 것 같아. 아냐, 여기 아무도 아는 사람이 없다고 하던데. 아냐, 그 사람이 있잖아. 누구? 그 사람 말이야. 아아, 그 사람. 아무튼 이상한 사람이야. 돈은 좀 있는 것 같던데. 그래? 어, 근데 말이지……. 난 거기에서 잠들었다. 궁금했지만 졸음이 이겼다. 항상 그렇듯이 말이다.

아무튼 정말로 혼자의 주인은 좀 이상했다. 딱 가게의 이름만큼 말이다. 하지만 그 이상함 때문에 유명해지기도 했다. 어느 날 서울에서 기자라는 사람이 커다란 카메라와 작고 날씬한 컴퓨터를 들고 혼자를 찾아왔다. 그 사람은 자기가 여행 잡지사에서 일한다고 말하고는 혼자의 주인을 인터뷰하고 가게의 사진을 잔뜩 찍어

갔다. 그리고 얼마 지나자 갑자기 많은 사람들이 우리 도시를 찾아오기 시작했다. 그 사람들은 바닷가에서 사진을 좀 찍고 쇼핑몰에서 밥을 먹은 뒤 혼자에서 커피를 마신 다음 돌아갔다. 혹은 혼자에서 커피를 마시고 서울 식당에서 밥을 먹고 밤에 방파제를 서성이다가 서울 모텔에서 자고 갔다. 갑자기 혼자의 주인은 유명해졌다. 사람들은 책장에 꽂혀 있는 책을 자세히 살펴보고는 자기가 가져온 책과 바꿔서 가지고 갔다. 그 사람들은 도시를 한 바퀴 돌아본 다음 난 서울이 정말로 싫어요, 이런 곳에서 살고 싶어요, 하고 말한 뒤 시내의 아파트 가격을 물었다. 그들은 돈을 좀 더 벌면 꼭 여기에 와서 살겠다고 아무도 시키지 않은 맹세를 하더니 돌아갔다. 물론 돌아온 사람은 없었다. 혼자의 주인은 그 사람들을 싫어했다. 다행히도 그런 사람들은 점점 줄어들어 몇 달이 지나자 완전히 사라져 버렸다. 그리고 그러거나 말거나 가끔 늦은 밤 혼자에 찾아와 검은 비닐봉지 가득 든 책을 책장에 쏟아 놓고 다시 그만큼의 책을 비닐봉지에 담아 가는 사람이 하나 있었는데 그게 바로 책이었다.

17

생일날 나는 b와 안경을 집으로 초대했다. 안경과 나는 별로 친하지 않았지만 나를 때리거나 욕하지 않는 유일한 우리 반 남자애였기 때문에 나는 안경이 좋았고 또 앞으로 친해지면 좋겠다고 생각했던 것이다. 엄마는 우리를 위해서 잡채와 불고기와 김밥을 만들어 주었다. 그건 셋이 먹기에 너무 많아서 할머니와 엄마도 같이 먹기로 했다. 그런데 할머니가 자기는 사탕이 아니면 싫다고 해서 우리는 조금 당황했다. 다 드시고 나면 제가 사탕을 드릴게요. b가 말했다. 그럼 배불러서 못 먹지 사탕을. 할머니가 말했다. 안경은 아주 점잖은 티셔츠를 입고 한 손에는 문제집 대신에 내 선물을 들고 있었다. 그러곤 어색한지 자꾸 두리번거렸다. 난 돈이 없어서 아무것도 못 샀어. b가 말했다. 괜찮아. 난 말했다. 대신, 이거. b가 주머니에서 작게 접힌 흰 종이를 꺼내 폈다. 그건 말을 그린 그림이었다. 말은 무지개 색이었다. 우와. 안경이 소리쳤다. 이거 니가 그린 거야? 응…… 짱 잘 그렸다! 그렇게 말하는 안경의 표정은 진심이었다. b의 얼굴이 빨개졌다. 진짜? 응! 내가 외쳤다. b는 그림을 잘 그리는구나. 엄마가 말했다. b의 얼굴이 더 빨개졌다. 나는 b의 그림을 자세히 살펴보았다. 말은 검은 머리카락을 양 갈래로 묶고 있었다. 이건, b가 설명했다. 너가 이렇게 머리를 묶으면 잘 어울릴 거라고 생각했어. 그럼 이게 나야? 나는 물었다. 어…… b가 부끄러워하며 말했다. 고마워. 나는 b를 껴안았다. 고마워, 고마워, 고마워. 안경은 구석에 선 채로 우리를 보며 어쩔 줄 몰라 하고 있었다. 그래서 난 얼른 b를 놓았다. 그러자 안경이 선물을 내밀었다. 풀어 봐. 좋아. 나는 포장을 얼른 풀었다. 물고기 모양의 컵이었다. 어쩜! 엄마가 외쳤다. 컵이 물고기 모양으로 생겼니! 그러게요! b가 소리쳤다. 서울……, 안경이 더듬거렸다. 서울에서 사 온 거예요. 이쁘다! 난 외쳤다. 그러고는 안경을 껴안으려다 말고 b의 눈치를 보았다. 아무래도 안 껴안는 게 좋을 것 같아서 난 한 발짝 뒤로 물러섰다. 고마워. 난 다시 그렇게 말했다. 안경이 수줍게 웃었다.

어색한데.

난 생각했다.

우린 어색하게 잡채, 불고기와 김밥을 먹기 시작했다. 하지만 다 아주 맛이 있었기 때문에 다 먹었을 때쯤 우리는 전혀 안 어색했다. 안경은 서울 얘기를 했고 나머지는 들었다. 나는 물고기 컵을 만지작거렸고 b가 자기도 그걸 갖고 싶다고 했다. 너도 생일 되면 사 줄게. 안경이 말했다. 생일이 언제야? 지나갔어. b가 말했다. 그러곤 얼굴이 어두워졌다. 하지만. 안경이 다시 말했다. 내년에 다시 돌아오잖아. 그렇겠지? b가 말했다. 안경이 고개를 끄덕였다. b의 얼굴이 다시 밝아졌다.

밥을 다 먹고 우리는 영화를 보러 가기로 하고 집을 나섰다. 영화관으로 가는 버스 안에서 안경이 말했다. 나는 그림을 못 그리는데……. 괜찮아, 넌 공부를 잘하잖아. b가 말했다. 하지만 너도 저번에 국어 시험 백 점 맞았잖아! 그걸 기억해? b가 놀랐다. 어, 내가 채점했거든, 니 꺼. 안경이 자랑스럽게 말했다. 물론 선생님하고 같이……. 하지만 난 반장이니까……, 안경이 우리의 눈치를 보왔다. 채점을 해도 되잖아⋯⋯. 반장이니까. 그렇지? 어, 그래. b는 그렇게 말하고는 얼른 창밖으로 눈을 돌렸다. 그리고 알 수 없는 노래를 흥얼거리기 시작했다. 안경이 고개를 숙이고 양손으로 무릎을 비볐다. 어색한데. 난 생각했다.

우리가 본 것은 물고기가 주인공인 만화 영화였다. b가 엄청 보고 싶어 하던 영화였다. 그건 엄청 재밌었다. 오, 오, 오. b는 중요한 순간마다 그렇게 감탄했다. 그리고 야호,는 영화가 끝나자 외친 말이었다.

야호!

나도 외쳤다.

야⋯⋯, 안경이 우리의 눈치를 보았다. 우리는 미소를 지었다. 호!

우린 다 함께 신이 나서 혼자로 갔다. 안경은 처음으로 혼자에 가 보는 거라서 약간 긴장했다. 아니 사실 안경은 언제나 긴장하고 있는 것 같았다. 문제집을 풀 때만 빼고 말이다.

도착한 혼자엔 역시 손님이 하나도 없었다. 생일 기념으로 혼자의 주인은 우리 모두에게 우유를 넣은 커피를 만들어 주었다. 그건 아주 연했지만 우리의 눈을 반짝거리게 하기에는 그 정도로도 충분했다. 우린 곧 신이 났고, 금세 신 나는 걸 넘어섰다. 그러니까, 안경이 안경을 벗었다. 그리고 b가 노래를 부르기 시작했다. 입을 크게 벌리고. 우, 우리는 꼭 쥔 주먹을 어쩌지 못하고 흔들었다. 스피커에서는 쿠바 노래가 흘러나오고 있었다. 우리는 머리를 흐, 흐, 흔들었다. 주인은 그런 우리를 보고 아주 재미나다는 듯 웃어 댔다. 슬슬 해가 지기 시작했다. 하지만 우리의 마음은 여전히 빛나는 한낮이었다. 난 소리쳤다.

왜 남자애들은 날 미워하지!

그러자 갑자기 안경이 몸을 흔드는 것을 멈추었다. b도 그랬다.

뭐라고?

왜 남자애들이 날 미워하지! 왜 자꾸 욕하고 때리지!

아주 큰 소리로 난 말했다.

넌 어때? 너도 내가 밉니? 난 안경에게 물었다.

안경이 탁자를 더듬어 안경을 찾았다.

난…….

안경이 우물쭈물 안경을 썼다. 안경의 눈은 이제 반짝거리지 않았다.

난……. 안경은 나와 b를 번갈아 바라보았다. 난…….

그러고는 아주 작은 소리로 말했다.

안 미워해.

정말이야?

어, 난 아무도 안 미워해. 안경이 힘주어 말했다.

왜? b가 물었다.

어…… 그건…….

안경은 어쩌면 울 것 같았다. 하지만 꾹 참고 대답했다.

사람을 미워하면 나쁜 거니까.

누가 그래? b가 물었다.

교과서에 그렇게 쓰여 있잖아.

난 안 읽어 봐서 몰라. b가 말했다.

나도. 나도 말했다.

그렇게 쓰여 있어. 안경이 말했다.

진짜? 내가 물었다.

안경이 고개를 끄덕였다.

그렇군. b가 고개를 끄덕였다.

그렇군. 나도 고개를 끄덕였다.

어. 안경이 다시 고개를 끄덕였다.

18

다행이다. 생일날에 날 미워하지 않는 사람들이랑 있어서.

19

하지만 그건 거짓말이야. 그런데 듣기 좋은 말이니까 믿는 척
하자.

20

좋았어.

21

글쓰기 시간이었다. 주제는 친구였다. 나는 b에 대해서 썼다. 나는 b가 좋다. 이름 없는 곳에 사는 b가 좋다. 가난한 b가 좋다. 내차례가 왔고, 난 일어나 그걸 읽었다. 가난한 b가 좋다. 돈이 없는 b가 좋다. 아픈 동생이 있는 b가 좋다. 내가 거기까지 읽었을 때 b가 자리에서 일어나 교실을 가로지르더니 문을 열고 밖으로 나갔다. 아이들이 웅성거리기 시작했다. 웅성거리는 아이들은 신기하게도 다들 나를 때리러 오는 남자애들 같은 표정을 짓고 있었다. 선생님의 얼굴은 신기하게도 빨갰다. 빨개진 선생님이 나에게로 왔다. 교실은 로켓 안처럼 조용해졌다. 선생님이 내 뺨을 때렸다. 그러고는 내 손에 들린 종이를 찢었다. 나는 울지 못했다. 왜 그래야 하는지 몰랐으니까. 아무도 이야기해 주지 않으니까. 물끄러미 나를 보는 사람들은 아무것도 쓰여 있지 않은 흰 종이 같았다. 울지 않는 내 얼굴은 아주 멀쩡해 보였다. 안경은 얼굴을 찡그리며 안경을 추켜올렸다. 모두가 똑같았다. 조용히 날 욕하고 있었다. 난 화가 났다. 왜 내가 나쁜 짓을 저지른 것처럼 대해? 솔직하게 말했을 뿐이잖아? 선생님은 교탁으로 갔다. 나는 자리에서 일어났다. 앉아. 선생님이 말했다. 나는 안 앉았다. 앉으라니까. 선생님이 소리쳤다.

나는 교실 문 쪽으로 걸어 나갔다. 어딜 가는 거야! 나는 문을 열었다. 나가기만 해 봐! 나는 나갔다. 모든 게 너무 쉬웠다. 그러니까 이런 것들 말이다. 하지 말아야 하는 일을 하는 거. 그런 건 언제나 해 보면 너무 쉬웠다. 그래서 했고, 뭔가 조금 달라지길 기대했지만, 모든 건 여전히 똑같았다.

22

그렇게 나와 b는 같이 놀지 않게 되었다. 나는 혼자 바다에 가고 혼자 혼자에 가기 시작했다. b는 혼자 밥을 먹고 쉬는 시간마다 운동장을 달렸다. b가 운동장을 달릴 때 나는 운동장에서 남자애들한테 얻어맞고 있었다. 이제 b는 남자애들이 나를 때려도 도와주지 않았다. 난 끝까지 참고 맞다가 스스로 일어나야 했다. 어느 날 b가 나를 때리는 남자애들과 밥을 먹기 시작했다. 나는 혼자서 밥을 먹으며 나를 때리는 남자애들과 밥을 먹는 b를 노려보았다. 그럴 때 b는 모르는 척 머리카락을 귀 뒤로 넘겼다. 모든 아이들이 더욱더 나를 피하기 시작했다. 단 한 명, 피하지도 다가오지도 않는 건 안경이었다. 난 그런 안경의 주위를 뱅글뱅글 맴돌았다.

참으로 힘이 드는 봄이라고, 나는 생각했다.

안경은 언제나 부반장이랑 같이 밥을 먹었다. 부반장의 옆에는 언제나 하늘이 있었다. 하늘은 작년에 지금의 나처럼 힘이 들었다. 하지만 지금은 괜찮았다. 왜냐하면 내가 있기 때문이다. 내가 하늘

대신 힘들어졌기 때문이다. 그렇다면 난 어쩌면 좋은 일을 하고 있는 건지도 모르겠다. 나는 까진 팔의 상처를 쓰다듬으면서 그렇게 생각했다. 하지만 하늘은 절대 내 옆에 다가오지 않았다. 나와 절대 이야기하지 않았다. 눈을 마주치지도 않았다. 밥을 먹으며 안경과 부반장이 반 평균 수학 성적에 대해서 말할 때, 나는 안경의 앞에 앉아서 유령처럼 가만히 고개를 끄덕였다. 나는 안경을 보았다. 부반장도 안경을 보았다. 안경은 부반장을 보았다. 하늘도 부반장을 보았다. 그리고 나는 유령이었다. 하지만 나는 고마웠다. 미안한데 우리는 책상이 모자라서 너와 함께 밥을 먹을 수가 없어, 이런 말을 안경이 하지 않았기 때문이다. 그때 문이 열렸고, 하늘이 몸을 떨었다. 남자애들이 왔다. 나를 때리는 남자애들이 왔다. 언제나처럼 그 애들은 모자를 쓰고 있었다. 모자에는 늘 '도쿄'나 '워싱턴' 아니면 '런던'이나 '상하이'라고 쓰여 있었다. 그리고 모두 똑같은 티셔츠를 입고 있었다. 거기엔 '야구'라고 쓰여 있었다. 상하이 모자를 쓴 남자애가 내 어깨를 슬쩍 밀었다. 난 한 손에 숟가락을 든 채 그대로 바닥으로 엎어졌다. 또 다른 남자애가 내 식판을 내 머리 위에 엎었다. 소시지 야채 볶음이 내 뺨을 타고 흘러내렸다. 나는 몸을 잔뜩 웅크렸다. 참으로 나쁜 봄이다. 난 생각했다.

23

어떤 날엔 학교에 간다.

어떤 날엔 가지 않는다.

24

집에 돌아가는 길 내 코는 어제처럼 부어 있었다. 내 손은 어제처럼 상처가 나 있었다. 내 블라우스는 어제처럼 더러워져 있었다. 내 가방은 어제처럼 발자국이 찍혀 있었다. 내 양말은 어제처럼 흙이 묻어 있었다. 그리고 나도 어제처럼 화가 나 있었다. 어, 화가 나 있었다. 아주 많이 끔찍하게 정말로 너무 너무너무 그런데

그 이유를 모르겠다.

나는 눈을 깜빡였다. 그러자 눈물이 흘러내렸다.

나는 닦지 않았다. 그냥 흘러내리게 두었다.

저 멀리 만두가 보였다. 그것은 떡볶이 가게의 이름이다. b와 거기에 자주 갔었다. b는 돈이 없었고 그래서 내가 떡볶이를 사 줄 수 있었다. 그게 내가 b가 가난한 것이 좋았던 이유다. b가 가난하니까 나는 내가 좋아하는 b에게 떡볶이를 매일 사 줄 수 있었다. 만약 b가 부자였다면 b는 내 생일에 무지개 말 같은 근사한 걸 그려 주지도 않았을 것이다. 물론 안경의 물고기 컵도 좋지만 말이다. 하지만 그건 중국의 공장에서 만들었고 무지개 말은 b가 만든 거다. 당연히 나는 무지개 말이 더 좋다. 안경에게는 미안하지만 어쩔 수 없다. 게다가 이름 없는 동네가 이름 있는 아파트보다 훨씬 더 멋지잖아. 이름이 없으니까 내가 지을 수도 있다. 나는 b의

동네를 b라고 부를 수도 있다. 어디에 살아요. 아, 저는 신동아 아파트 제3차에 삽니다, 하고 말하는 것은 얼마나 재미가 없는가. 안경이 바로 거기에 산다. 그러면 어른들은 아, 좋은 곳에 사시는군요, 하고 말한다. 왜냐하면 신동아 아파트 3차는 1차나 2차보다 더 넓고 새것이고 그래서 비싸기 때문이다. 그런데 남들이 내가 사는 집의 크기나 벽지의 가격을 아는 건 재미가 없다. 아무것도 궁금한 것이 없는 건 재미가 없다. 재미가 없는 건 재미가 없다. 난 그런 게 싫다.

신동아 아파트가 나타났다. 그렇다면 곧 혼자가 나올 것이다. 그런데 정말로 나는 b가 왜 화가 났는지 알 수가 없다. 그건 그렇고 신동아 아파트는 정말로

못

생

겼

다.

나는 신동아 아파트를, 이어 혼자를 지나쳤다. 하하하 노래방을, 편의점을 지나쳤다. 그러는 동안에도 계속해서 화가 나 있었다. 거기까지도 어제와 똑같았다. 하지만 내가 화가 나는 건 까진 무릎이 아파서가 아니었다. 그럼 왜 화가 난 건데? 모르겠어. 거기까지도 어제와 똑같았다. 바다에 가는 것도 어제와 똑같았다. 상처 난 손과, 내 옆에 b가 없는 것도 어제와 똑같았다. 모든 게 똑같다. 그리

고 나는 조금씩

겁이 난다.

사실 많이. 어, 많이. 그리고 그것도 어제와 똑같다. 겁이 나는 것도, 머리카락에서 점심때 먹은 것의 냄새가 나는 것도. 이게 언제까지 계속되는 거지? 난 언제까지 이렇게 나쁘게 똑같은 날을 겪어야 하는 거지?

어쩌면 영원히.

난 멈추어 앞을 보았다. 역시 어제와 다른 것은 하나도 없었다. 뒤를 돌아보았다. 마찬가지였다.

똑같다.

어.

겁이 나.

난 중얼거렸다. 어, 너무 많이.

난 떨리는 몸을 껴안고 울기 시작했다. 눈물은 여름의 비처럼 멈추지 않았다. 난 바닥에 주저앉았다. 한참을 울다가 앞을 보았을 때 눈에 들어온 건 넓은 길이었다. 그 길의 끝에는 회색 구름이 잔뜩 웅크리고 있었다. 그 아래로 공장이 보였다. 공장의 굴뚝에서 흰 연기가 피어오르는 것이 보였다. 거긴 내가 한 번도 가 본 적 없는 곳이었다. 그렇다면. 저길 가면 달라질 수 있다. 어, 달라질 수 있다. 그렇다면 가겠다.

공장으로 가겠다.

25

b는 도시에 살지 않았다. 끝에 살지도 않았다. b는 그 사이에 살았다. 도시와 끝의 사이, 공장과 도시의 사이, 끝과 공장의 사이에 살았다. 거긴 도시도 끝도 공장도 아니었고, 그래서 거기엔 이름이 없었다. 그곳의 사람들은 도시를 등지고 끝을 보며 공장의 냄새를 맡았다. 고개를 들면 어디서나 끝이 보였다. 보이는 것은 그것뿐이었다.

b의 집에서는 공장의 굴뚝이 보였다. 좁은 사다리를 타고 굴뚝 위로 기어오르는 사람들이 특히 잘 보였다. 그 사람들은 붉은 머리띠를 이마에 두르고 있었다. 등과 배에도 굵은 글씨가 쓰여 있었고 그 글씨에서는 피가 흘러내렸다. 흘러내린 피가 천천히 바지를 물들이는 것까지 우리는 b의 집, 창문에 매달려 볼 수가 있었다. 흘러내리는 붉은 글씨는 '총력 저지'였다. 우리는 그 말이 무슨 뜻인지 몰랐다. 총과, 힘과, 저것과, 지겹다라는 뜻인가? b가 물었다. 난 웃었다. 중학생답게 귀엽고 순진하게 웃었다. 굴뚝 위에는 쇠사슬을 감은 사람들이 서로의 몸을 꼭 껴안고 있었다. 사람들이 움직일 때마다 철컥철컥 소리가 났다. 하늘에서는 헬리콥터가 갈매기처럼 빙글빙글 돌고 있었다. 갑자기 아주 센 바람이 불었고, 흔들거리던 한 사람이 발을 헛디뎠다. 그 사람은 쇠사슬에 한 발이 감긴 채로 흔들리기 시작했다. 사람 살려요. 사람들이 소리쳤다. 때맞춰

안내 방송이 흘러나왔다. 먼저 봉쇄를 푸십시오. 우리들은 눈을 반짝거리며 숨을 죽였다. 멀리서는 검은 몽둥이를 들고 검은 옷을 입은 남자들이 몰려오고 있었다. 그 너머로는 손 팻말을 든 사람들이 보였다. 그리고 경찰들이 있었다. 그들은 밤의 바다같이 새까맣게 공장 입구를 덮고 있었다. 그리고 문은 여전히 굳게 닫혀 있었다. 갑자기 우, 하는 소리와 함께 팻말을 든 사람들이 담을 기어오르기 시작했다. 갈매기들이 날아올랐다. 경찰들이 파도처럼 밀려들었다. 위험합니다. 뒤로 물러서십시오. 안내 방송이 흘러나왔다. 지금 시위대는 불법 행동을 하고 계십니다. 멀리 커다란 버스가 언덕을 기어오르는 것이 보였다. 담 위에서는 팻말을 든 사람들과 경찰들이 엉겨 붙어 싸우고 있었다. 아주 날카로운 비명이 하늘을 갈랐다. 뭔가 바닥에 툭, 하고 부딪치는 소리가 났다. 우리는 굴뚝을 보았는데 매달려 있던 사람이 사라지고 없었다. 텅 빈 쇠사슬이 흔들리고 있었다. 굴뚝에 매달린 사람들이 울부짖기 시작했다. 언덕을 기어오른 버스가 동쪽 끝 철문 앞에 멈춰 섰다. 철문이 열렸다. 열린 문으로 버스에서 내린 사람들이 쏟아져 들어가기 시작했다. 그 사람들의 옷에는 공장의 이름이 새겨져 있었다. 순식간에 사람들은 그 안으로 사라졌고 다시 문이 닫혔다. 그러는 동안 정문 앞에서는 경찰들과 팻말을 든 사람들이 여전히 서로를 때리는 데 몰두해 있었다.

26

너희 엄마는 왜 굴뚝에 매달리지 않아?

우리 엄마는 잘리지 않았거든.

27

커다란 트럭들이 모래바람을 일으키면서 내 곁을 스쳐 지나갔다. 사람들도, 건물들도 마찬가지였다. 도시 전체가 천천히 내 등 뒤로 멀어져 갔다. 그러고 나면 또 다른 사람들과 건물들이 나타났다. 그러는 사이 또 다른 것들이 가만가만 내 등 뒤로 멀어졌다. 얼마 후 길은 둘로 갈라졌다. 나는 멈추어 뒤를 돌아보았다. 도시가 보였다. 아니 여전히 나는 도시에 있었다. 오른쪽 길은 공장으로 가는 길이었다. 왼쪽 길은 내가 모르는 길이었다. 나는 조금 망설이다가 왼쪽 길로 가기 시작했다. 이제 길에는 사람들과 건물 대신 죽은 풀과 버려진 꽃과 또 먼지를 뒤집어쓴 쓰레기들이 나타나기 시작했다. 하늘은 낮았고 그 낮은 하늘을 회색 구름이 덮고 있었다. 멀리 공장이 보였다. 공장의 굴뚝에서는 쉴 새 없이 흰 연기가 흘러나오고 있었다. 길이 또다시 두 갈래로 나뉘었다. 난 이번에는 오른쪽 길을 택했다. 길이 좁아지기 시작했고 더 좁은 길들이 길 양옆으로 돋아났다. 나는 아무렇게나 방향을 바꾸었다. 드문드문 낡은 집들이 보였다. 걷는 동안 그 집들은 조금씩 늘어나더니 길을 가득 메웠다. 나는 그 집들을 어디에선가 본 기억이 났다. 어떤 영화에서였다. 기모노를 입은 여자가 이층집들이 늘어선 좁은 길을 걷고 있는 장면이었다. 영화 속에서 그 길은 아주 예뻤다. 그런데 그것과 꼭 닮은 이 길은 하나도 예쁘지 않았다. 집들 사이로 난 길이 너무 좁아서 내 어깨가 꼭 닿을 것만 같았다. 길은 넘어질 듯 쓰러질 듯 겨우겨우 이어졌다. 그래서 내가 대신 넘어지거나 쓰러져야 할 것 같았다. 어느새 바람은 멈추었고 해가 보이지 않았다. 보이는 좁은 창은 모두 깨져 있거나 아니면 빨래로 가려져 있었다. 그런데 빨래는 빨고 난 것이라기보다는 빨아야 할 것처럼 더러워 보였다. 드문드문 보이는 사람들은 안 좋은 자세로 안 좋은 숨을 내쉬고 있었다. 그리고 안 좋은 얼굴로 물끄러미 나를 바라보았다. 그 사람들이 너무 안 좋아 보여서 갑자기 내가 너무 좋아 보였다. 그 사람들이 입은 옷이 너무 낡고 더러워서 갑자기 내 옷이 깨끗해 보였다. 고개를 들자 창 너머로 아이들이 나를 내려다보고 있었다. 그건 괜찮았다. 나를 때릴 것 같지 않아 보였기 때문이다. 다행이라고 생각했다. 하지만 내 걸음은 점점 더 빨라졌다. 난 좀 부끄러웠다. 왠지 모르지만 그랬다. 오른쪽에 길이 나타났고 나는 그리로 들어섰다. 하지만 그곳도 마찬가지였다. 몇 번이나 방향을 바꾸었지만 난 여전히 같은 곳에 있었다. 아니 점점 더 나빠지고 있었다. 하늘은 두꺼운 이불로 덮어 놓은 듯 어두웠다. 길에서는 죽어가는 할머니의 냄새가 났다. 바닥에 누운 사람들은 이제 헐떡거리고 있었다. 나는 뒤를 돌아보았다. 똑같은 집들뿐이었다. 낡은 이층집들뿐이었다. 그것들뿐이었다. 나는 땀을 흘리기 시작했다. 나는 너무 무섭고 너무 부끄럽고 또 너무 무서웠다. 그런데 뭐가? 코와 입을 파고드는 냄새 때문에 토할 것만 같았다. 하늘을 보고 싶었다. 하지만 보이지가 않았다. 모든 게 너무 검었다. 너무 검었다.

28

그냥 바다에 갔으면 좋았을걸. 갈매기를 보면 좋았을걸. 슈퍼에 가서 아이스크림을 사 먹었으면 좋았을걸. 모래밭에 가만히 앉아 있었다면 좋았을걸. 쇼핑몰에 갈걸. 에스컬레이터를 탈걸. 영화를 볼걸. 혼자에 갈걸. 아니 그냥 집으로 갈걸. 아는 길로 갈걸. 어, 그냥, 아는 길로 갈걸.

29

아주 나쁜 꿈을 꾸고 있는 것 같았다. 그런데 그 꿈이 영원히 끝나지 않을 것 같았다. 하늘이 영원히 밤일 것만 같았다. 세상 끝까지 집들이 늘어서 있을 것만 같았다. 길이 영원히 끝나지 않을 것 같았다. 나는 이제 알 수 있었다. 여기가 바로 끝이라는 걸 말이다. 갑자기 할머니가 내게 들려준 말들이 떠올랐다. 나는 포기하고 눈을 감았다. 감은 눈에 눈물이 고였다. 난 엄마를 생각했다. b, 할머니, 아빠, 안경……. 난 조용히 울기 시작했다. 한참을 그렇게 울며 서 있는데 작은 소리가 들렸다. 눈을 뜨고 앞을 보자 멀리서 뭔가 나에게로 다가오는 것이 보였다. 그건 커다란 물고기였다. 물고기는 온몸이 보랏빛 비늘로 덮여 있었고 지느러미를 움직일 때마다 파도처럼 빛이 퍼져 나갔다. 예쁘다. 나는 생각했다. 물고기가 점점 더 가까워졌고, 빛도 더 환해졌다. 물고기는 내 가슴 앞에서 멈추었다. 물고기의 눈은 울고 있는 것처럼 반짝거렸다. 나는 손을 뻗어 물고기의 지느러미를 만졌다. 얼음처럼 차가웠다. 물고기가 눈을 한 번 깜빡, 했다. 그러자 물고기의 눈에서 눈물이 떨어졌다. 그러더니 물고기는 다시 움직이기 시작했다. 난 가만히 있었다. 물고기가 천천히, 내 몸을 통과하기 시작했다. 난 눈을 감았다.

아주 잠깐.

눈을 떴다.

물고기는 보이지 않았다.

조금씩 주위가 차가워지는 것이 느껴졌다. 기분 나쁜 미지근함과 어둠도 천천히 사라지고 있었다. 나는 다시 걷기 시작했다. 천천히 집들이 사라지고, 그 자리를 죽은 나무들과 쓰레기들이 채웠다. 두려움이 사라졌다. 물론 난 여전히 끝에 있었다. 하지만 이제 괜찮다는 생각이 들었다. 어, 그렇다는 생각이 들었다. 그리고 길의 끝에서 나는 계단을 발견했다.

아주 낡은 돌계단이었다. 계단 주위는 무너진 돌벽과 그 틈새에서 자라난 풀로 뒤덮여 있었다. 계단은 내가 올려다볼 수 없을 만큼 높은 곳까지 이어져 있었다. 난 계단을 오르기 시작했다. 여전히 내가 어디에 있는지 몰랐고 계단이 어디로 이어지는지도 알 수 없었다. 하지만 상관없었다. 걸음이 조금씩 빨라졌다. 한참을 오르다 돌아보니 오른편에 공장이 보였다. 공장은 흰 연기로 뒤덮여 있었다. 왼편으로는 내가 밟고 온 계단들이, 쓰레기들이, 끝이 보였다. 그건 이제 한눈에 들어올 만큼 작아져 있었다.

얼마쯤 걸었을까, 계단 옆으로 커다란 나무가 하나둘 나타나기 시작했다. 나무는 더 많아지더니 결국 숲이 되었다. 계단은 계속해서 이어졌다. 난 배가 고팠다. 다리가 아팠고, 집으로 돌아갈 것이 걱정되기 시작했다. 어디 갔다 오니, 엄마가 물으면 b와 놀았다고 거짓말을 해야겠다고 생각했다. 하지만 우선 돌아간 다음에. 나는 앞으로는 꼭 아는 길로만 다녀야겠다고 생각했다. 다시 돌아갈 수 있다면 말이야. 난 또 조금 울었다.

바람이 불 때마다 나뭇잎이 흔들리며 빛과 함께 춤을 췄다. 바람에 실려 온 냄새는 싱그러운 나무 냄새와 또 바다 냄새였다. 바다 냄새? 아아. 난 깨달았다. 난 북쪽 언덕을 오르고 있었던 거다. 난 기뻐 작게 소리를 질렀고,

계단이 끊겼다.

대신 나타난 건 커다란 나무들로 둘러싸인 작은 풀밭이었다. 나는 풀밭을 가로질러 나무들 사이로 들어갔다. 그러자 이번엔 숲이 사라졌다. 그러니까 갑자기, 그 많은 나무들이 한꺼번에 내 등 뒤로 몸을 감추었다. 마법처럼 말이다. 아니 마법에서 풀리는 순간

처럼 말이다. 그리고 하늘이 돌아왔다. 난 또다시 울 뻔했다. 하늘이 너무 반가워서. 하늘아, 오랜만이야. 나는 하늘에게 인사했다. 그러자 하늘도 인사했다. 하늘의 인사는 더 눈이 부신 햇살이었다. 나는 너무 기분이 좋아 딸기 덩굴처럼 몸을 틀었다. 하늘 아래는 햇살을 받아 빛나는 초록빛 풀밭이었다. 풀밭은 절벽까지 이어져 있었다. 그리고 절벽은 구름에 닿아 있었다. 그리고 이 모든 것의 너머에는 바다가 있었다.

　나는 달리기 시작했다.

　바다야 반가워. 오랜만이야.

　갈매기야 너도 반가워. 오랜만이야.

　구름아 너도 반가워.

　반가워. 모두 너무너무 반가워.

　반가⋯⋯.

　그때 풀밭 한구석에 있는 네모난 상자가 눈에 들어왔다. 그건 아주 큰 나무 아래에 있었는데, 작은 집 정도의 크기였다. 아니 그건 정말로 집이었다. 문이 열리고 안에서 사람이 나왔기 때문이다. 그 사람은 검은 옷을 입고 있었고 한 손에는 검은 비닐봉지를 들고 있었다.

　나는 눈을 크게 뜨고 뒤로 물러섰다.

　그도 눈을 크게 뜨고 뒤로 물러섰다.

그건 책이었다.

30
나는 책을 향해 다가갔다.
그가 뒤로 물러섰다.

책…… 맞지요?

책은 대답하지 않았다. 그는 조금 당황한 표정이었고, 내가 생각
했던 것보다 훨씬 어려 보였다. 그러니까, 수염을 지우고 보면, 대
학생 같기도 했다.

책 맞지요?
나는 다시 물었다.
어.
책이 대답했다. 그러고는 양손을 주머니에 넣더니 거만한 자세
로 나를 보았다. 왼손에 매달린 검은 비닐봉지가 흔들렸다.
여긴 어떻게 온 거냐.
어……, 그건…….
책이 목을 긁더니 하품을 했다.

젠장. 낮잠 시간인데. 젠장.

죄송해요.

됐어. 보나 마나지. 길을 잃은 거지.

나는 고개를 끄덕였다.

이해가 안 가. 왜 굳이 이런 데로 기어 들어와서 길을 잃냐. 일부러 그러는 거지? 꼭 일 년에 한둘씩 그런 애들이 있어. 얼굴에 뭔가 더러운 걸 묻히고 울고 있더군. 그런데 넌 안 그러네. 인상적이야.

그렇게 말하곤 책은 정말로 인상적이라는 표정으로 고개를 끄덕였다.

저, 아저씨 본 적 있어요.

나도 너 본 적 있다.

혼자에서요?

아니, 방파제에서.

아저씨 방파제에도 가요?

못 갈 건 뭐냐. 어딜 가든 그건 내 자유지.

난 가만히 있었다.

넌 맞고 있었지, 야구 모자를 쓴 남자애들한테. 맞지?

난 계속 가만히 아무 말도 안 했다.

왜? 말하기 싫으냐? 부끄러워? 하하, 그럴 필요 없다. 인간은 원래 부끄러운 존재니까.

왜 안 도와줬어요?

뭐?

봤다면서요. 근데 왜 안 도와줬느냐고요.

책은 당황했다.

어……, 그건…….

봤으면 도와줬어야죠.

책은 아무 말도 못 했다.

말을 해 봐요, 네?

책이 고개를 떨어뜨렸다.

미안. 거기까지는 생각 못 했다. 다음에 만나면 꼭 도와줄게.

그러셔야죠.

근데 집에 안 가냐?

갈 거예요. 근데, 저 아래가 끝이에요?

뭐가 끝이야?

끝 말이에요. 끝.

그게 뭐야.

끝이요. 끝장난 사람들이 모여 사는 곳 말이에요.

난 모른다.

그럼 됐어요.

근데 끝이라니, 죽이는 이름이군.

책은 그렇게 말하더니 고개를 숙이고 후후 웃었다. 그러자 책은
무슨 만화책에 나오는 바보 악당처럼 보였다. 하지만 웃음을 멈추

자 다시 대학생 같아졌다.

지금 몇 시예요?

글쎄. 잠깐 기다려. 시계를 보고 오지. 그렇게 말하고는 책은 집으로 들어갔다. 나도 자리에서 일어나 그쪽으로 갔다.

네 시 반!

책이 외쳤다.

곧 해가 질 거다. 어서 내려가.

싫어요.

왜?

배가 고파.

그건 무슨 뜻이냐?

배가 고프다는 뜻이죠.

혹시 그건 나에게 먹을 것을 달라는 거냐?

네.

책이 깜짝 놀랐다.

왜 놀라세요?

당돌한 녀석이군. 그렇게 말하고는 책은 다시 후후 웃었다.

다행히 먹을 게 좀 있지. 하지만…….

하지만 뭐요?

됐어, 거기까지.

책은 그렇게 말하더니 팔짱을 꼈다.

그래서 먹을 걸 준다는 거예요, 안 준다는 거예요?

책이 나를 노려봤다. 나는 불쌍한 표정을 지어 보였다.

젠장.

책이 한숨을 쉬었다.

책을 따라 들어간 책의 집은 정말로 책의 집 같았다. 온갖 책들이 바닥부터 천장까지 가득 쌓여 있었다. 소설책, 만화책, 요리책, 역사책, 동화책, 과학책, 성경책, 악보, 화집, 심지어 중학교 교과서도 있었다. 작년에 학교에서 배웠던 책이었다.

아무 데나 대충 앉으면 돼.

책은 그렇게 말하며 바닥에 놓인 책을 치워 빈자리를 만들어 주었다. 난 그곳에 앉았다.

책은 주전자에 물을 받아 가스레인지 위에 올려놓았다. 난 그런 책을 멍하니 바라보다가 돌아서는 책과 눈이 마주쳤다.

뭐냐.

네?

왜 그런 눈빛으로 쳐다보는 거냐.

제가 뭘요. 근데 이게 다 아저씨 책이에요?

어.

근데 컵라면 괜찮아?

네, 저 컵라면 좋아해요.

책이 후후 웃었다.

애들은 컵라면을 좋아하지.

나는 구석에서 만화책을 집었다.

근데요.

어?

아저씨는 왜 여기 살아요?

내 맘이다.

그게 다예요?

책이 날 봤다. 똑바로 날 바라보는 책의 눈은 깊고 날카로웠다.

아니, 그니까요, 그게 이유냐고요.

난 도시가 싫어. 책이 고개를 저었다. 아니, 사람들이 싫다.

왜요?

넌 도시가 좋으냐?

몰라요, 생각 안 해 봤어요.

그런데 너 오늘 여기서 나 봤다는 거, 내가 여기 산다는 거 비밀이다.

왜요?

구청에서 이 사실을 알면 철거반을 보낼지도 몰라.

철거반이 뭐예요?

내쫓는다고. 나를. 여기서.

근데 사람들 다 아는데요, 아저씨 여기 사는 거?

에이, 그건 여기 말고 저 아래에 산다고 생각하는 거겠지.

끝 말이에요?

알 게 뭐야.

책은 이마를 찌푸리곤 내 앞에 김치를 내려놓았다.

난 얼른 김치 하나를 집어 입에 넣었다.

맛있네요, 김치.

마트에서 산 거다.

아하.

그런데 너 집에 어떻게 갈 거냐. 해가 지고 있어. 아니 이미 진 거나 마찬가지지.

책이 컵라면을 내 앞에 내려놓고는 밖으로 나갔다. 난 뚜껑을 열었다. 맛있는 라면 냄새가 내 코에 달라붙었다. 배는 어서 먹을 것을 달라고 아우성을 치고 있었다. 그래서 라면을 한 젓가락 집어 입 안에 넣은 순간……, 난 그대로 굳어 버리고 말았다. 반쯤 열린 문 너머로 꿈 같은 장면이 펼쳐져 있었다. 그건 노을이었다. 나는 한 손에 컵라면을 든 채 밖으로 걸어 나갔다. 붉게 물든 하늘은 마치 홍차로 된 바다 같았다. 예쁘다. 나는 말했다. 그러자 이상하게도 슬퍼졌다. 난 눈을 감았다. 그리고 열까지 센 뒤 다시 떴다. 여전히 홍차로 된 바다가 펼쳐져 있었다. 뒤를 돌아보았다. 책의 집도 홍찻빛이었다. 책의 머리도 홍찻빛이었다. 책이 든 담배도 홍찻빛으로 물들어 있었다. 홍찻빛 담배 연기가 홍찻빛 하늘 속으로 조용히 스며들었다.

집에 가고 싶지 않아.

난 생각했다. 그러고는 천천히 라면을 먹기 시작했다.

동 생

언제나 주위를 돌아보면 아무도 없어.

사람들은 모두 나를 피해 가.

다른 사람들한테는 너무 쉬운 게 나한테는 너무 어려워.

사람들이랑 있는 거 말이야.

1

나한텐 동생이 하나 있다.

그게 다다.

2

난 동생을 싫어한다. 그것에 대해서라면 할 얘기가 아주 많다.

하지만 하기 싫다.

3

난 친구가 없다. 아니 한 명 있었다. 그 애의 이름은 랑이었다.

랑은 나를 좋아했다. 나도 랑을 좋아했다. 그래서 우리는 매일 둘이 함께 놀았다. 아주 잘 놀았다. 내가 랑의 손을 잡으면 랑도 내 손을 잡았다. 랑이 내 팔에 자기 팔을 두르면 나는 어깨를 으쓱했다. 내가 아이스크림이 먹고 싶다고 하면 랑이 아이스크림을 샀다. 우리는 같은 아이스크림을 핥아 먹었다. 아이스크림을 핥아 먹으면서 쇼핑몰에 갔다. 그리고 지겨울 때까지 에스컬레이터를 탔다. 그러고 나서 마네킹을 구경하고, 예쁜 언니들도 구경하고, 그러고는 엘리베이터를 타고 영화관으로 갔다. 엘리베이터는 조용하고도 재빠르게 움직였다. 문이 열리면 달콤한 팝콘 냄새가 코를 파고들었다. 나는 그게 좋았다. 랑도 그랬다.

돌아오는 길에 우리는 만두에서 떡볶이를 먹었다. 랑이 사 주었다.

생일날에는 랑이 나에게 목도리를 사 주었다. 왜냐하면 내 생일은 겨울에 있기 때문이다. 나는 랑의 생일에 무지개 말을 그려 주었다. 왜냐하면 나는 돈이 없기 때문이다.

랑이 야구부 애들한테 맞고 있으면 나는 리코더를 휘두르며 뛰어갔다.
그런 적이 있었다.

하지만 더 이상 안 그런다. 우린 이제 친구가 아니기 때문이다. 왜냐하면 나는 가난한데 랑은 안 가난하기 때문이다. 그리고 안 가난한 랑은 아주 재수가 없기 때문이다. 물론 나도 안 가난했었다. 아주 옛날 이야기다. 그런데 아직도 생각이 난다. 특히 랑이랑 있을 때 그렇다. 랑을 보면 우리 집이 안 가난했던 때가 생각난다. 그땐 나도 도시에 살았다. 그땐 어쩌면 나와 랑은 똑같았다. 하지만 더 이상은 아니다. 우리는 다르다. 아주 다르다. 이런 생각이 들면 난 너무 화가 난다. 아니, 울고 싶다. 소리를 지르고, 욕하고 싶다. 그런데 랑은 그런 거 신경 안 쓴다. 당연하다. 그 애는 울지 않는다. 소리 안 지르고 욕도 안 한다. 하지만 난 다르다. 난 아주 많이 신경이 쓰인다. 그래서 나는 더 이상 랑과 놀지 않는다. 우린 더 이상 친구가 아니다. 난 더 이상 리코더를 들고 뛰어가지 않는다. 그러지 않는다.

야구부 애들이 랑을 때리는 이유는, 지루하기 때문이다. 그러니까 그게 하늘이건 랑이건 상관없다. 상관하지 않고 그 애들은 랑을 때린다. 야구부 애들이 지루한 이유는 하루에 공을 백 번씩 던지고 던진 공을 백 번씩 치고 또 운동장을 백 번씩 돌아야 하기 때문이다. 매일 그렇게 해야 한다. 안 그러면 코치한테 얻어맞기 때문이다. 얻어맞는 날이면 야구부 애들은 랑을 더 세게 때린다. 그런데 랑은 아무리 맞아도 울지를 않는다. 그게 야구부 애들을 화나게 만들고 그래서 야구부 애들은 랑을 더 세게 때린다. 그래도 랑은 울지 않는다. 내가 야구부 애들이랑 같은 편에 서서 랑이 맞는 걸 가만히 구경해도 울지 않는다. 랑은 아주 침착한 표정으로 바닥을 기어간다. 그러면 야구부 애들은 웃으며 랑의 엉덩이를 걷어찬다. 랑은 엉덩이를 문지르며 계속 기어간다. 침착하게.

난 랑이 절대 울지 않는다는 걸 알고 있다.

그럴 때면 나는 평화로운 표정을 지으려고 노력한다.

근데 그게 잘 안 된다.

4

랑과 내가 친했을 때 우리는 매일 함께 바다에 갔다. 랑은 신발을 벗고 모래를 밟았다. 나도 그랬다. 랑이 물속으로 들어갔다. 나도 그랬다. 랑이 물 밖으로 나왔다. 나도 그랬다. 우리는 다시 물속으로 들어갔다.

우리는 젖었다.

사이좋게 함께 젖었다.

랑이 다시 파도 속으로 기어 들어갔을 때, 이번에는 나는 그렇게 안 했다. 랑이 젖은 몸으로 모래밭을 뒹굴자 모래가 빵가루처럼 랑의 몸에 달라붙었다. 나는 웃었다. 그러자 랑도 웃었다. 나는 주머니에 손을 넣고 웃었다. 랑이 다시 물속으로 들어갔다. 다시 기어나왔다. 랑의 몸에 젖은 모래가 더 많이 달라붙었다. 랑이 머리를 흔들었다. 젖은 모래가 마른 모래 위로 떨어졌다. 랑이 웃었다. 나도 웃었다. 랑이 더 크게 웃었다. 나도 더 크게 웃었다. 그러다 갑자기 웃음을 멈췄다.

동생 생각이 났다.

동생이 생각나면 나는 언제나 웃음을 멈추게 된다. 그런데 웃을 때 언제나 동생 생각이 난다. 그래서 내가 웃는 걸 싫어하는 거다. 아니 웃지 않아도 동생에 대해서 나는 언제나 생각한다. 아니 머리에 달라붙어 떨어지지 않는다. 랑의 옷에 달라붙은 모래처럼 말이다. 그런데 그 모래는 크고 무겁다. 쇠 구슬처럼 말이다. 그래서 난 힘이 든다. 또 다른 쇠 구슬이 내 왼쪽 다리에 매달려 있다. 목에도 하나 매달려 있다. 손가락에도 하나 매달려 있다. 주머니와 가방과 팬티 속에도 매달려 있다. 매달린 쇠 구슬들이 나를 끌어당긴다. 땅으로, 땅으로, 더 아래로 끌어당긴다. 거긴 너무 어둡다. 그래서 아무것도 안 보인다. 나는 너무 무섭다. 하지만 도와 달라고 소리도 못 지른다. 보여 주고 싶지 않으니까, 아무한테도. 내 몸에 매달린 쇠 구슬을 보여 주고 싶지 않으니까. 부끄러우니까. 겁에 질린 얼굴을 보여 주고 싶지 않으니까. 주머니 속에, 내 입술 끝에 주렁주렁 달린 쇠 구슬을 보여 주고 싶지가 않으니까. 너무 부끄러워 차라리 죽어 버리는 게 나으니까.

난 찡그린다. 눈물을 참으려고.

입술을 꽉 깨문다.

저기서 랑이 웃는다. 웃음소리가 계속해서 더 커진다. 그러면 내 몸에 주렁주렁 매달린 쇠 구슬은 점점 더 많아지고 커진다. 내 얼굴은 더 구겨진다. 펼 수가 없다. 그리고 문득, 랑이 내 얼굴을 본다. 내 찡그린 얼굴을 본다. 랑의 얼굴에서 웃음이 사라진다.

5

랑이 웃음을 멈춘다.
내가 모든 걸 망쳤다.
그렇다는 생각이 든다.

6

나는 뛰어간다. 아니, 도망친다. 양손을 활짝 펼쳐 얼굴을 가리고 달려간다. 랑이 내 이름을 부른다. 대답하지 않는다. 랑이 내 이름을 부르며 달려온다. 내 얼굴은 뜨겁다. 더, 더, 더, 뜨거워진다. 부끄럽다. 아니, 부끄럽지 않다. 나는 사라지고 싶다.

7

우리 집이 있는 곳은 옛날에 늪이었다고 한다. 어느 더운 여름에 사람들이 늪에다가 모래를 잔뜩 쏟아붓고 평평하게 다진 다음 집을 짓기 시작했다고 했다. 정말인지 아닌지 모른다. 그냥 그랬다는 얘기를 들었다.

집에서 창문을 열면 공장이 보인다. 아니 공장의 굴뚝이 보인다. 굴뚝은 크다. 너무 커서 할 말이 없게 크다. 그 큰 굴뚝에서는 항상 흰 연기가 솟아오른다. 흰 연기에서는 간장 냄새가 난다. 그건 몸에 아주 나쁜 연기라고 한다. 우리 집에서는 항상 그 냄새가 난다.

옆집에는 한 아줌마가 산다. 나는 그 아줌마가 싫다. 자꾸 우리 집에 먹을 것을 가지고 오기 때문이다. 그 아줌마는 도시에 있는 쇼핑몰의 식당에 다닌다. 작년 동생의 생일날 우리 가족은 거기에 가서 밥을 먹었다. 그때 그 아줌마는 동생한테 잠옷을 선물했다. 동생은 그걸 아주 마음에 들어 했다. 그날 밤 난 그 잠옷을 몰래 내다 버렸다. 동생은 울었다.

가끔 아줌마는 고등어를 가지고 우리 집에 온다. 난 그게 싫다.
가끔 아줌마는 불고기를 가지고 우리 집에 온다. 난 그게 싫다.
정말 싫다.

오늘 낮에 아줌마는 김치를 가지고 왔다. 날 보며 웃는 그 아줌마를 패 주고 싶었다. 아줌마가 돌아가고 나서 나는 자는 동생을 깨웠다. 갖다 버려. 동생은 졸린 표정으로 눈을 비볐다. 나는 동생의 머리를 때렸다. 자, 이제 잠이 깼니? 동생은 대답하지 않았다. 여전히 졸린 표정이었다. 갖다 버리라고. 못 알아들어? 왜? 바보가 되는 병에 걸린 거야? 목소리가 안 나오는 병에 걸린 거야? 난 동생의 머리를 한 번 더 때렸다. 동생은 울기 시작했다. 조용히 해. 갖다 버리라니까. 난 동생을 노려보았다. 동생은 울면서 일어나서 점퍼를 입기 시작했다. 나는 생각했다. 아줌마는 내가 이러는 걸 보면 뭐라고 할까. 아마 화를 내겠지? 울지도 모르겠다. 울게 하고 싶다. 그러고 싶다. 뭔가 하고 싶다. 나는 텔레비전을 켰다. 텔레비전에서는 재미있는 걸 아무것도 안 했다. 나는 바닥에 엎드렸다.

동생

응?

동생

나는 놀라 자리에서 일어났다.

동생

그건 문이 흔들리는 소리였다. 아니 창문이. 아니 문이. 아니 둘 다.

동생동생동생동생동생

흔들린다. 바닥이. 벽이. 천장이. 아파트 전체가.

악. 나는 귀를 막고 몸을 웅크렸다.

동생동생동생동생동생동생동생동생동생동생동생동생
동생동생동생동생동생동생동생동생동생동생동생동
생동생동생동생동생동생동생동생동생동생동생동생
동생동생동생동생동생동생동생동생동생동생동생동
생동생동생동생동생동생동생동생동생동생동생

잘못했어요. 용서해 주세요. 다시는 안 그럴게요.

하지만 아무 소용 없었다. 흔들림은 더 커졌다.

죽는 건가.

악.

잘못,

했어요!

갑자기 모든 것이 멈췄다. 고개를 들자 동생이 서 있었다. 나는 얼른 일어나 앉았다. 왔어? 동생은 아파 보였다, 언제나처럼. 배고 파. 난 말했다. 슬픈 표정으로 동생이 나를 보았다. 라면 좀 끓여 와. 동생은 아무 말도 안 하고 부엌으로 가서 라면을 끓이기 시작 했다.

동생은 라면을 아주 잘 끓인다. 내가 만날 시켜서 그렇다.

동생이 라면을 끓이는 동안 난 텔레비전을 본다. 텔레비전에서 는 광고가 나온다. 차, 화장품, 옷, 아파트, 김치냉장고, 멋지고 좋 은 우리 물건을 좀 사 달라고 말한다. 나도 정말로 사 주고 싶다. 근데 돈이 없다. 그래서 난 우울해진다. 아니 화가 난다. 그때 동생 이 냄비를 들고 방으로 들어온다. 난 여전히 화가 난 채로 김치가 없다는 것을 깨닫는다. 나는 김치가 없으면 라면을 못 먹는다. 난 동생에게 김치를 사 오라고 시킬까 생각해 본다. 하지만 돈이 없다. 동생에게 슈퍼마켓에 가서 김치를 훔쳐 오라고 시킬까 잠깐 생각해 본다. 나는 고개를 젓는다. 나 이제 배가 안 고파. 난 동생에게 말한다. 그러니까 라면 니가 먹어.

동생은 내 말을 잘 듣는다. 안 들으면 내가 때리기 때문이다. 나는 동생이 겁에 질려 울음을 꾹 참을 때마다 야구부 애들한테 얻어맞는 랑을 떠올린다. 그러면 워싱턴 모자가 생각난다. 그 애가 랑을 때리는 것이 생각난다. 발로 차면서 가끔씩 짓는 미소가 떠오른다. 어쩌면 랑보다 그 애랑 노는 게 나한텐 더 어울릴지도 모르겠다. 나는 그런 생각을 하면서 라면을 먹는 동생을 본다. 눈물이 동생의 뺨을 타고 흘러내리고 있다. 동생은 말없이 라면을 먹는다.

8

텔레비전에는 도마뱀이 나오고 있었다. 도마뱀의 이름은 벙글이다. 벙글은 서울의 커다란 아파트 거실에 있는 커다란 유리 상자 속에 살고 있었다. 그런데 벙글은 밥을 먹지 않기 시작했다. 열흘 전부터 말이다. 그래서 벙글은 병원에 갔다. 벙글의 주인은 아홉 살짜리 남자애다. 의사 선생님이 말씀하셨다. 벙글은 배 속에 돌이 가득 차는 병에 걸렸다. 그래서 밥을 먹지 못하는 거다. 남자애는 울기 시작했다. 난 그게 아주 재수가 없었다. 죽으면 안 돼, 하고 말하는 남자애가 나는 아주 재수가 없었다. 최선을 다해 보자. 의사 선생님이 그렇게 말하고, 수술이 시작되었다. 남자애는 울다

가 지쳐서 엄마의 무릎에 누워 잠이 들었다. 남자애가 잠에서 깨어
나자 수술은 끝나 있었다. 남자애가 일어나고 수술실 문이 열렸다.
의사 선생님이 마스크를 벗었다. 수술은 성공적이란다. 남자애가
기뻐했다. 남자애의 엄마도 기뻐했다. 다시 본 벙글은 깨끗한 유리
상자 속에서 온몸에 흰 붕대를 감고 있었다. 남자애가 벙글의 머리
를 쓰다듬었다. 힘들었지. 나는 동생을 봤다. 동생은 기뻐하고 있
었다. 너무 기뻐 눈을 반짝거리며 텔레비전을 보고 있었다. 걱정
마. 나는 말했다. 곧 죽을 거니까. 안 죽으면? 걱정 마. 내가 죽여
줄 테니까. 기적 같은 건 없어. 나는 웃으면서 말했다. 그딴 건 아
무 데도 없어. 다 거짓말이야. 다 죽는 거야. 그리고. 난 동생의 눈
을 똑바로 보고 말했다. 니가 제일 먼저 죽는 거야. 동생의 눈에서
는 어느새 빛이 사라져 있었다. 그러니 아무 걱정 하지 마. 아무것
도, 아무것도 걱정하지 마.

9
워싱턴 모자와 놀기 시작했다.

10
쉬는 시간에 워싱턴 모자가 나를 무릎에 앉혔다. 나는 가만히 있
었다. 워싱턴 모자가 양팔로 내 허리를 감았다. 나는 그러게 가만
두었다. 워싱턴 모자가 내 가슴을 만졌다. 난 신경 쓰지 않았다. 랑

이 날 보고 있었다. 나는 모르는 척했다.

학교가 끝나고 워싱턴 모자는 나를 골목으로 데려갔다. 골목에서는 야구부 애들이 담배를 피우고 있었다. 나는 팔짱을 끼고 그 애들을 구경했다. 모두가 모자를 쓰고 있었다. 나도 모자를 쓰고 싶다. 나는 생각했다. 하지만 모자가 없다. 살 수도 없다. 돈이 없으니까. 하지만 갖고 싶다. 난 워싱턴 모자의 팔을 내 허리에서 떼어 냈다. 왜? 워싱턴 모자가 물었다. 모자가 갖고 싶어. 워싱턴 모자가 심각한 표정으로 날 보았다. 모자 말이야, 모자. 니가 머리에 올려 놓은 거. 나는 손을 뻗어 워싱턴 모자의 모자를 가리켰다. 정말로 갖고 싶어? 어. 워싱턴 모자가 후, 담배 연기를 내뿜었다. 알았어, 내가 사 줄게. 그러고는 담배를 바닥에 던졌다. 야, 가자. 워싱턴 모자가 소리쳤다. 그러자 다른 야구부 애들이 고개를 끄덕였다. 빨리 가자니까. 워싱턴 모자가 팔짱을 끼고 눈을 가늘게 떴다. 그러자 다들 서둘러 후, 연기를 뿜고 담배를 바닥에 던졌다.

우리들이 담배 냄새를 풍기며 도착한 곳은 학교였다. 나는 지루한 표정을 지으려고 애를 썼다. 그러니까 나와 같이 있는 아이들처럼. 하지만 역시 난 달랐다. 모자가 없기 때문이었다. 난 워싱턴 모자를 올려다보았다. 그 애의 머리엔 멋지게 워싱턴 모자가 씌워져 있었고 난 정말이지 그게 부러웠다. 모자 사 준다며. 그렇다니까. 근데 왜 학교로 왔어? 야, 저기 온다. 런던 모자가 말했다. 나는 앞을 보았다. 안경이었다. 안경이 문제집을 한 손으로 펼쳐 들고 보면서 이쪽으로 걸어오고 있었다. 어이, 안경! 워싱턴 모자가 소리쳤다. 안경이 고개를 들었다. 워싱턴 모자를 본 안경의 얼굴이 우유같이 하얗게 되었다. 이제 집에 가냐? 워싱턴 모자가 소리쳤다. 안경은 대답 없이 우물쭈물했다. 잠깐 이리 와 봐. 안경은 망설였다. 어서 오라니까!

무, 슨 일이야.

일단 와 봐.

안경이 아주 천천히, 천천히 걸음을 떼었다. 그리고 나를 발견했다.

어서 오라니까!

워싱턴 모자가 안경을 향해 걷기 시작했고 그러자 안경이 멈춰섰다.

워싱턴 모자가 씩 웃었다.

돈 좀 있냐.

아니, 없어.

안경이 날 보았다. 나는 얼른 고개를 숙였다.

없다고?

안경은 대답하지 않았다. 워싱턴 모자가 안경의 목을 잡았다. 안경이 켁, 하는 소리를 냈다. 워싱턴 모자가 안경을 던지듯 놓았다. 그러자 안경이 바닥에 쓰러졌고, 그런 안경을 향해 야구부 애들이 달려들었다. 기다려. 워싱턴 모자가 말했다. 그러자 야구부 애들은 착한 개처럼 얌전해졌다. 워싱턴 모자가 허리를 굽히고 안경의 가방을 집어 들었다. 가방을 열고 지갑을 꺼냈다. 지갑에는 만 원짜리가 한 장 들어 있었다. 워싱턴 모자가 그걸 주머니에 넣은 다음 안경을 일으켜 세웠다. 왜 거짓말해? 워싱턴 모자가 안경의 빈 지갑으로 안경의 뺨을 때렸다. 난 거짓말하는 사람이 세상에서 제일 싫어. 워싱턴 모자가 말했다. 너희들도 알지? 내가 거짓말하는 사람을 얼마나 싫어하는지? 어, 어. 아이들이 고개를 끄덕였다. 워싱턴 모자가 다시 안경을 보았다. 안경은 부들부들 떨고 있었다. 왜 거짓말했냐고?

안경은 대답하지 못했다. 계속 부들부들 떨었다.

에이 씨. 워싱턴 모자가 안경을 걷어찼다. 욱, 하는 소리가 안경의 입에서 흘러나왔다. 워싱턴 모자가 침을 뱉었다. 그건 안경의 안경 위에 떨어졌다.

워싱턴 모자가 나를 보았다.

모자 사러 가자.

그러곤 씩 웃었다. 나는 그게 좀 귀엽다고 생각했다.

응. 난 대답했다.

그러고는 팔짱을 끼고 다시 지루한 표정을 지었다. 워싱턴 모자가 한 팔로 내 허리를 감았다. 나는 모자보다는 아무래도 선글라스가 필요하겠다고 생각했다.

11

워싱턴 모자는 정말로 모자를 사 주었다. 그건 노란색이고 워싱
턴이라고 쓰여 있었다. 남은 돈으로 우리는 라면을 사 먹었다.

12

동생은 하루에 다섯 번 약을 먹는다. 한 번에 다섯 개씩이다. 분
홍색, 흰색, 빨간색, 다시 흰색, 다시 분홍색. 동생이 약을 먹을 때
나는 컵에 물을 따라 가져다준다. 야, 마셔. 동생이 약을 먹고 물을
삼킨다. 꿀꺽, 하고 말이다. 그런데 그 꿀꺽 소리가 너무 커서 나는
기분이 나빠졌다. 나는 동생을 보았다. 동생의 얼굴은 누렇게 부
풀어 올라 마치 눈이 달린 식빵 같았다. 화가 났다. 마침 나는 워싱
턴 모자를 쓰고 있었고, 그래서 더 화가 났는지도 모르겠다. 워싱
턴 모자는 말했었다. 술을 먹고 말했었다. 나도 술을 먹었다. 거
긴 워싱턴 모자의 친구네 집의 거실 소파였다. 난 존나 화가 나. 워
싱턴 모자는 그렇게 말했었다. 나는 워싱턴 모자의 배인가 허벅지
인가에 누워 있었다. 뭐가 존나 화가 나는데. 나는 물었다. 몰라. 워
싱턴 모자가 다리를 떨기 시작했다. 내 머리가 흔들리기 시작했다.
그냥 존나 화가 나. 나도 그럴 때 있는데. 나는 일어났다. 씨발 나
는 존나 화가 나. 워싱턴 모자가 말했다. 나도 그럴 때 있는데! 하
지만 워싱턴 모자는 내 말을 듣지 않았다. 하지만 그게 더 나은지
도 몰랐다. 내 말을 듣고 더 화가 나서 나를 때릴지도 모르니까. 워

싱턴 모자는 화가 나 보였고, 그런데 아무 이유도 없어 보였다. 그래서 나는 무서웠다. 그리고 정확히 그런 식으로 나는 지금 화가 나고 있었다. 난 정말 화가 난다. 난 생각했다. 그러니까 화를 내야겠어. 저 식빵을 야구공만 하게 뭉개서 쓰레기통에 쑤셔 박아야겠어. 동생이 울음을 터뜨렸다. 난 더 화가 나서 뭘 해야 하나 방 안을 둘러보았다. 바닥에 동생의 약이 든 봉투가 보였다. 나는 그것을 집었다. 그러고는 반으로 찢었다. 약이 바닥에 흩어졌다. 동생의 눈이 야구공만 하게 부풀어 올랐다. 나는 약 봉투를 다시 반으로 찢었다. 하지 마! 동생이 소리 질렀다. 하지 마! 그렇게 소리 지르면서 바닥에 흩어진 약들을 줍기 시작했다. 그런 동생의 등은 컵의 손잡이처럼 굽어 있었다. 벌레 같다. 나는 생각했다. 으악. 난 비명을 지르며 방을 뛰쳐나갔다.

13

길은 회색이었다. 아니, 검은색이었다. 그리고 좁았다. 가느다란 실처럼 좁았다. 그리고 나는 가라앉기 시작했다. 잿빛 실로 된 길이 나를 향해 굽어지고 있었다. 컵의 손잡이처럼 휘어지고 있었다. 으악. 나는 양손을 머리에 얹었다. 거기엔 워싱턴 모자가 씌워져 있었다. 그건 벗겨지지가 않았다. 그러니까, 동생처럼 말이다. 아니, 동생은 모자 위에 앉아 있었다. 두 팔에 커다란 쇠 구슬을 껴안고 앉아 있었다. 그래서 나는 가라앉고 있는 것이다. 바닥에는 바닥이 없었다. 그래서 나는 자꾸만 더 가라앉았다. 이게 다 동생 때문이다. 옛날에는 이러지 않았는데. 건강했던 때의 동생은 내 머리를 꾹 누르지 않았다. 그때 동생은 웃을 줄도 알았다. 전혀 식빵같이 보이지도 않았다. 그런데 아프기 전이 도대체 언제였지? 동생은 내가 태어나기도 전부터 계속해서 아파 왔던 것만 같다. 그러니까 난 태어나기도 전부터 아픈 동생이 있었던 것만 같다. 고마워. 너 때문에 난 계속해서 이렇게 거지 같을 거다. 계속해서 거지같이 살다가 거지같이 죽을 거다. 머리 위에 이상한 것들을 주렁주렁 얹고서 말이다. 고맙다고! 난 소리 질렀다. 너무 고마워서 다 찢어 버리고 싶을 정도야! 나는 두 손으로 머리를, 아니 모자를 눌렀다. 아팠다. 근데 더 아파지고 싶었다.

그러면 아무 생각도 안 날 거 아니야!

하지만 계속 생각이 난다. 동생은 라면을 잘 끓인다. 이런 거. 그런데 동생은 라면을 못 먹는다. 이런 거. 먹으면 토하니까. 이런 거. 왜냐면 아프니까!

아프니까!

이런 거.

나는 다시 걷기 시작했다. 갑자기 계단이 나타났다. 아주 긴 계단이었다. 너무 멀리까지 뻗어 있어서 하늘에까지 닿을 것 같았다. 나는 그걸 쳐다보았다. 그러는 동안에도 쇠 구슬이 계속해서 자라나고 있었다. 커지고, 많아졌다. 늘어나라! 나는 마음속으로 외쳤다. 더! 더! 늘어나라! 더 늘어나라! 나는 바닥에 주저앉아 울기 시작했다. 온몸에 쇠 구슬을 주렁주렁 달고서. 한참을 울다가 일어서려는데 주머니에서 뭔가 짤랑거렸다. 손을 넣어 보니 돈이었다. 이백삼십 원. 이걸로 뭘 하지? 난 생각했다. 전화를 걸 수 있을지도 모른다. 하지만 어디에다? 집에 전화를 걸까? 걸어서? 동생한테 죽여 버리겠다고 소리를 지를까? 아니면 죽어 버리라고 소리를 지를까? 내가 돌아갈 때까지 죽어 있지 않으면 죽여 버리겠다고 소리를 지를까? 하지만 우리 집에는 전화가 없다. 아니 원래 있었는데 없어졌다. 돈 갚으라는 전화가 하도 많이 와서 엄마가 없애 버렸다. 엄마는 전화를 없애면서 우리 집에는 전화가 필요 없다고 말했다. 자기는 하루 종일 공장에 있으니까 전화가 필요 없다고 했다. 동생은 하루 종일 집에 있으니까 전화가 필요 없다고 했다. 나는 학교에 있으니까 필요 없다고 했다. 하지만 아빠는 필요한데 그래서 아빠는 휴대폰이 있다. 그렇다면 아빠한테 전화를 걸까? 하지만 그건 안 된다. 나는 오늘 학교에 안 갔기 때문이다. 학교에 안 나갔고 동생의 약 봉지를 찢어 버렸고 동생에게 소리를 지르고 동생을 울렸기 때문이다. 밥을 굶었고 길에 앉아 울고 있기 때문이다. 랑에게 전화를 걸 수도 없다. 우리는 더 이상 친구가 아니기 때문이다. 워싱턴 모자에게 전화를 걸 수도 없다. 왜냐하면 워싱턴 모자는 자꾸만 내 가슴을 만지려고 하기 때문이다. 나는 그게 싫다. 워싱턴 모자가 내 가슴을 만질 때 나는 개가 된 기분이 든다. 왜냐하면 워싱턴 모자는 꼭 개를 쓰다듬듯이 내 가슴을 쓰다듬기 때문이다. 왜냐하면 워싱턴 모자는 그런 식으로밖에 만질 줄 모르기 때문이다. 아니면 때린다. 그런데 나는 맞기가 싫다. 그래서 개처럼 쓰다듬게 놔둔다. 맞는 것보단 그게 낫다. 근데 뭔가 잘못된 것 같다는 생각이 든다. 하지만 생각하기 싫다. 생각을 하면 자꾸만 쇠 구슬이 생겨나기 때문이다. 쇠 구슬이 생겨나면 머리가 아프고, 그러면, 그러면……

그럼 난 이백삼십 원으로 뭘 하지.

난 갑자기 이백삼십 원한테 미안해졌다. 아무래도 의미 있게 써 줄 수가 없을 것 같았기 때문이다. 그럼 차라리 먹어 버리자. 나는 이백삼십 원을 입에 넣고 씹기 시작했다. 얼마 못 가 우엑 하고 입이 벌어졌다. 그러자 이백삼십 원과 침과 피가 나왔다. 그것 말고는 아무것도 안 나왔다. 먹은 게 하나도 없었기 때문이다. 나는 고개를 들었다. 하늘에는 내가 뱉어 낸 십 원짜리 동전같이 작고 납작한 해가 떠 있었다. 난 다시 걷기 시작했다. 길은 끝이 보이지 않았다. 아까 본 긴 계단처럼 말이다. 문득 여기서 빠져나갈 수 없을 거라는 생각이 들었다. 영원히, 죽을 때까지. 죽고 나서도 계속. 걷다가 죽는다, 죽는다, 죽는다, 죽는다, 중얼거리며 난 조용한 쌀가게를 지나쳤다. 죽은 듯 누워 있는 개를 지나쳤다. 오래된 철물점을 지나쳤다. 불에 탄 문구점을 지나쳤다. 깨진 창문 너머로 죽은 시계와 탄 벽지와 뭉개진 로봇이 보였다. 난 점점 내가 불에 탄 벽지, 뭉개진 로봇같이 느껴졌다. 아니 그렇게 되어 가고 있는 것처럼 느껴졌다. 무서웠다. 더 이상 나는 길을 걷고 있는 게 아니었다. 그냥 죽은 집들 사이에 끼어 있는 거였다. 그건 길이 아니었다. 아주 작은 틈이었다. 그리고 그 틈이 사라지려 하고 있었다.

　나는 걸음을 멈추었다. 순간 그 틈이 메워졌다. 눈을 한 번 깜빡인 것처럼 아무렇지도 않게 말이다. 난 침을 삼켰다. 꿀꺽, 하는 소리가 거리를 울렸다. 그러고 나서 아무 소리도 들리지 않았다. 멀리 굴뚝 위로 똑바로 올라가는 연기가 보였다. 옥상에선 빨래가 흔들리고 있었다. 내 머리에는 모자가 얹어져 있었다. 난 입을 벌렸다. 거기에서는 아무것도 나오지 않았다. 찢어진 숨소리 같은 것만 들렸다.

14

　어떤 사람은 태어날 때부터 혼자야. 나는 그렇게 말했다. 혼자에 앉아서였다. 나는 오래된 초록색 소파에 앉아 있었다. 내 앞에는 랑이 서 있었다. 랑은 빨간 교복을 입고 또 발목까지 오는 빨간 스

니커즈를 신고 있었다. 가슴에는 홍랑이라고 쓰인 이름표를 달고 있었다. 그건 타고나는 거야. 나는 계속 말했다. 그렇게 타고나서 벗어날 수 없는 거야. 난 내 머리를 만졌다. 거긴 과연 모자가 있었다. 이 모자처럼, 달라붙어서 떨어지지 않는 거야. 랑이 나를 바라보았다. 하지만 사실은 나를 보는 게 아니었다. 우리는 서로 다른 시간에 있었다. 그러니까 나는 수요일 밤의 혼자에 있었다. 그리고 랑은 금요일 한낮의 혼자에 있었다. 언제나 주위를 돌아보면 아무도 없어. 나는 말했다. 사람들은 모두 나를 피해 가. 다른 사람들한테는 너무 쉬운 게 나한테는 너무 어려워. 사람들이랑 있는 거 말이야. 이제 랑은 사람들과 함께 있었다. 모두 다 빨간 교복을 입고 있었다. 그 모두는 내 동생이었고 엄마였고 아빠였고 또 안경이었고 또 야구부 애들이었고 또 워싱턴 모자였다. 나는 계속해서 말했다. 모두가 내 쪽을 쳐다봤다. 하지만 나를 보는 게 아니었다. 나만 그 사람들을 볼 수 있었기 때문이다. 내가 바로 그렇게 타고난 사람이야. 그래서 나는 혼자야. 난 외로워. 내 말은 보이지 않았고 소리는 금방 부서져 버렸다. 갑자기 사람들이 하나씩 사라지기 시작했다. 난 가만히 있었다. 마지막으로 랑이 사라졌다. 그러고 나서 나는 잠에서 깨어났다. 혼자이고, 외롭고, 친구가 없는 채로, 깨어났다.

15

옛날엔 아빠만 공장에 다녔다. 그땐 아빠만 일해도 괜찮았기 때문이다. 그때 우리는 도시에 살았다. 나는 피아노 학원에 다니고 동생은 태권도 학원에 다녔다. 우리는 주말마다 돗자리와 먹을 것을 들고 바다에 갔다. 아빠가 보트에 바람을 넣어 주면 나와 동생은 보트를 물에 띄우고 노를 저었다. 깊은 물에 다다르면 동생은 물속으로 뛰어들었다. 나는 하트 모양 선글라스를 쓰고 있었다. 동생도 똑같은 선글라스를 쓰고 있었다. 동생은 모래성을 지었다. 나는 몰래 다가가 그걸 밟았고, 동생은 울음을 터뜨렸다. 그러면 나는 동생에게 아이스크림을 사 주었다. 아니 나는 하이웨이 슈퍼마켓에서 아이스크림을 훔쳤다. 훔친 아이스크림을 주면 동생은 울음을 그쳤다. 아이스크림을 먹고 나서 동생은 튜브를 베고 잠들었다. 난 잠든 동생의 귀에 대고 소리를 질러서 다시 동생을 울렸다. 그러면 엄마가 화를 냈고, 나는 울기 시작했다. 울다가 동생 옆에 누워 잠이 들었다. 잠에서 깨면 해가 지고 있었다. 바닷가는 어느덧 어른들로 가득했다. 어른들은 불을 피우고 고기를 굽고 있었다. 나는 눈을 비비며 비틀비틀 불 쪽으로 걸어갔다. 엄마가 잘 구워진 고기를 내게 주었다. 난 입을 벌렸다. 아기 새처럼 커다랗게 입을 벌렸다.

모든 게 좋았다. 난 동생을 사랑했다. 아프지 않았기 때문이다.

지금은 아프니까 미워한다.

이제 우리 가족은 그때와 다르다. 우리는 더 이상 바닷가에 가지 않는다. 주말이 되면 엄마와 아빠는 방에 누워 있다. 누워서 텔레비전을 본다. 텔레비전을 보다가 존다. 졸다가 깨서 다시 텔레비전을 본다. 다시 잠이 든다. 다시 깨어나 담배를 피우고 라면을 먹는다. 아빠는 소주를 마신다. 그러고는 다시 바닥에 눕는다. 졸다가 깨다가 다시 존다. 밤이 된다. 나는 불을 끈다. 이불 위에 눕는다. 잠이 든다. 그게 다다. 이게 우리 가족의 주말이다.

집에 돌아오면 엄마는 동생한테 물어본다. 약은 잘 먹었는지 밥은 잘 먹었는지 더 아픈지 더 나아졌는지 아파서 울지는 않았는지 오늘 뭘 했는지를 묻는다. 나한테는 아무것도 안 물어본다. 하루는 동생이 나를 위해서 라면을 끓이고 있었는데 엄마가 집에 왔다. 엄마는 엄청 화를 냈다. 내 뺨을 때리고, 나가서 뒈져 버리라고 했다. 나는 나가서 뒈져 버릴 것은 내가 아니라 동생이라고 했다. 그러자 엄마가 울었다. 동생도 울었다. 나는 안 울었다. 꾹 참고 안 울었다.

엄마는 분명히 나보고 죽으라고 했다. 그러니까 엄마는 내가 죽기를 바라는 것이다. 사실 엄마와 아빠는 나한테 아무 관심도 없다. 그러니까 돈도 안 주는 거다. 난 정말 지겹다. 돈이 없는 게 말이다. 정말로 지겹다. 워싱턴 모자한테 라면을 얻어먹는 게 지겹다. 뭘 훔치는 것도 뺏는 것도 워싱턴 모자를 쓰고 다니는 것도 지겹다. 하지만 그중에서도 동생이 제일 지겹다. 난 동생이 어서 죽었으면 좋겠다. 그러면 내가 다시 동생을 사랑하게 될 테니 말이다. 동생이 죽으면 나는 몹시 슬퍼할 것이다. 매일 꽃을 들고 무덤에 찾아가서 울 거다. 하지만 죽기 전에는 아무것도 안 할 거다. 아무것도 안 하고 동생을 괴롭힐 거다. 아, 나한테 십억만 있으면 얼마나 좋을까. 십억만 있으면 동생은 서울에 있는 병원에서 치료를 받을 수도 있다. 그러면 나는 동생을 미워하지 않을 거다. 미워하지 않는 정도가 아니라 아무것도 안 하고 하루 종일 동생을 위해 기도만 할 수도 있다. 아니 의대에 갈 수도 있다. 내 손으로 직접 동생을 살리기 위해 말이다. 돈이 있으면 학원에 다닐 수 있다. 또 몸에 좋은 것만 먹으면서 온종일 공부할 수 있다. 안경처럼 말이다. 난 안경보다 더 공부를 잘하게 될 수도 있다. 그러면 난 안경이랑 친구가 될지도 모르겠다. 워싱턴 모자 대신 안경이랑 놀지도 모르겠다. 안경은 내 가슴을 워싱턴 모자처럼 만지지 않을지도 모른다. 훨씬 더 예의 바르고 똑똑한 방법으로 만질지도 모르겠다. 하지만 지금 나에겐 십억이 없다. 그래서 아무것도 할 수 없다. 돈이 많으면 의대에 가서도 돈 걱정 안 하고 열심히 공부해서 더욱더 훌륭한 의사가 될 수도 있다. 하지만 돈이 없으면 의대에 가더라도 학비를 벌기 위해 일을 해야 할 테니까 열심히 공부할 수 없다. 나는 그런 사람을 알고 있다. 그 사람의 아빠는 우리 아빠와 친구이다. 그 사람은 아주 똑똑했다. 그래서 항상 일등을 했고 결국 서울에 있는 대학교에 갔다. 그런데 돈이 너무 많이 들어서 결국 다 그만두고 이곳으로 돌아왔다. 그 사람은 세 달 동안 술만 마시

다가 군대에 갔다. 제대해서는 아빠가 다니는 공장에서 일을 한다. 돈을 벌어서 공무원 시험을 준비할 거라고 했다. 나는 내가 그렇게 될까 봐 무섭다. 아니 그렇게 될 게 뻔하다. 멋진 꿈은 비싸다. 그래서 내가 꿈을 가질 수 없는 거다. 나한테 십억만 있었으면. 그러면 난 정말로 멋지고 비싼 꿈을 가질 수 있을 텐데. 하지만 나한테는 십억이 없다. 지금 나한테는 딱 천 원이 있다. 엄마 지갑에서 훔쳤다. 난 이걸로 뭘 해야 할지 모르겠다. 정말로 모르겠다. 아아, 나한테 십억만 있었으면. 그러면 동생은 안 죽고 엄마는 공장에 안 나가고 나는 의사가 될 수 있는데. 하지만 지금 나에겐 천 원밖에 없으니까 동생은 죽을 거고 엄마는 계속 공장에 나갈 거고 앞으로 나는 쓰레기가 되어야지.

16

요즘 랑은 거의 혼자서 지낸다. 그렇지 않을 땐 맞고 있다. 혹은 학교에 오지 않는다. 가끔은 안경이랑 있다. 야구부 애들은 안경을 병신이라고 부른다. 야, 이 병신아. 야, 이 병신아, 이리 와 봐. 병신 새끼야, 어디 가냐. 그리고 가끔 돈을 빼앗아 매점에 간다. 하지만 잘 때리지는 않는다. 선생님들이 안경을 좋아하기 때문이다. 그리고 그냥 욕을 하고 병신이라고 부르고 겁을 주기만 해도 안경은 무서워하기 때문이다. 하지만 랑은 무서워하지 않는다. 그래서 자꾸만 얻어맞는 거다. 아니 어쩌면 선생님들이 랑을 미워하기 때문인지도 모르겠다. 랑이 맞는 걸 보면 여자 선생님들은 양산을 살짝 내려 눈을 가린다. 남자 선생님들은 팔짱을 끼고 하늘을 바라본다. 그러는 동안 랑은 운동장 한가운데서 얻어맞고 있다. 요즘 랑은 좀 더 자주 맞는 것 같다. 내가 더 이상 랑이랑 놀지 않은 뒤로, 그러니까 내가 워싱턴 모자랑 놀게 된 뒤로 그런 것 같다. 하지만 나는 신경 안 쓴다. 난 그냥 랑이 맞는 걸 본다. 워싱턴 모자의 옆에 서서 랑이 맞는 걸 본다. 워싱턴 모자한테 랑이 맞는 걸 본다. 옛날에 워싱턴 모자는 랑을 몇 번 걷어차고 말았다. 심심풀이로 말이다. 하지만 이제는 훨씬 더 세게, 오래, 많이 때린다. 이제 랑은 매일 온몸에 흙과 피를 묻히고 집으로 간다. 하얀 교복 블라우스에 피를 묻히고 헝클어진 머리를 하고 비틀비틀 집으로 돌아가는 랑을 보며 난 아무래도 워싱턴 모자가 랑을 죽일 것 같다고 생각한다. 하지만 난 여전히 아무것도 안 한다. 아무것도. 어쩌면 난 랑이 죽었으면 좋겠다. 꿈에 자꾸만 랑이 나온다. 나는 잠을 잘 수가 없다.

17

모두가 일어나 있다. 나만 앉아 있다. 나는 한 손에 연필을 쥐고 책상을 내려다보고 있다. 나는 아무 생각도 안 한다. 아무것도 안 본다. 아무것도 안 기다린다. 가방 속에는 모자가 들어 있다. 나는 그것을 꺼내 쓴다. 랑은 여전히 자리에 없다. 나는 자꾸 랑을 확인하고 있다. 이러는 내가 싫다. 창 너머로 모자들이 보인다. 무슨 일이 일어나는지 안다. 하지만 몰랐으면 좋겠다. 어쩌면 이게 다 모자 때문이다. 나는 모자를 벗는다. 모자를 다시 쓴다. 쉬는 시간이 칠 분 남았다. 난 아직도 한 손에 연필을 들고 있다. 난 그걸 볼펜으로 바꾼다. 그러고는 책상 위에 그림을 그리기 시작한다. 나는 그림을 못 그린다. 아니 나는 그림도 못 그린다. 나는 잘하는 게 아무것도 없다. 그래서 나는 친구도 없다. 아니 전에는 있었다. 그 애의 이름은 랑이었다. 내가 랑이랑 놀 때 애들은 나를 비웃었다. 멀리서 조용히 나를 비웃었다. 그런데 내가 워싱턴 모자와 놀자 애들은 나를 무서워하기 시작했다. 이제 아무도 날 안 비웃는다. 나는 워싱턴 모자와 친구가 아닌데도 말이다. 워싱턴 모자가 나를 개처럼 쓰다듬는데도 말이다. 난 내가 더 이상 워싱턴 모자와 안 놀게 되면 어떻게 될지 궁금하다. 조금 있으면 워싱턴 모자가 나를 부를 것이다. 랑, 워싱턴 모자, 나, 우리 셋은 지금 이상한 삼각형을 그리고 있는 것 같다. 그리고 그건 다 나 때문인 것만 같다. 하지만 난 랑을 때리고 싶은 마음 따위는 없었다. 나는 그냥…… 그냥…… 이렇게 생각한다이게다동생때문이다동생이내머리에달라붙어떨어지지지않아서솔직히나는솔직히솔직히아무도미워하고싶지않고아무도때리고싶지않다아무도다치게하고싶지않고아무도때리게하고싶지않다아무나쁜일도일으키고싶지않다아무잘못도하고싶지않다나는나는아무것도잘못한게없다이건다동생때문이다그러니까나때문인것이다내가시작했다내가이이상한삼각형을그리기시

작했다내가이상한선을세개그어서이상한삼각형을만들어버렸다
랑과나와워싱턴모자를넣고그어버렸다그건정말이상한삼각형이
   난 자리에서 일어난다.

   한 여자애가 교실로 들어온다. 그 애는 나를 쳐다본다. 나는 그
애의 이름을 모른다. 궁금하지도 않다. 그런데 날 계속 쳐다본다.

   나는 복도로 나간다.

   복도에는 야구부와 우리 반과 옆 반 애들이 모두 있다. 이 학년
도 있고 일 학년도 있다. 남자도 있고 여자도 있다. 선생님만 없다.
언제나 선생님만 없다. 언제나처럼 선생님이 보지 않는 곳에서 나
쁜 일이 일어나고 있다. 나는 그 나쁜 일을 들여다본다. 이번 것은
전보다도 더 심했다. 나는 그렇게 생각한다. 매일 그렇게 생각한
다. 매일 조금씩 더 심해지고 있다. 그렇다는 걸 모두가 알고 있다.
그러니까 어디까지? 그걸 다들 궁금해하고 있다. 그래서 다들 눈
은 커지고 입은 사라지고 있다. 매일 점심시간마다 어김없이 아이
들이 몰려든다. 몰려들어 조용히 들여다본다. 야구부 애들은 조용
히 몸을 움직인다. 랑의 몸도 조용히 흔들린다. 바로 그것을 지금
나는 들여다보고 있다. 다른 사람들과 똑같이 말이다. 워싱턴 모자
가 나를 본다. 그러곤 웃는다. 그 웃음은 언제나처럼 똑같이, 귀엽
다. 만지고 싶다. 손에 올려놓고 쓰다듬고 싶다. 아, 개처럼 쓰다듬
어지고 싶다. 저 웃음을 한 번 더 볼 수 있다면. 하지만 워싱턴 모
자는 금방 웃음을 지운다. 그러더니 다시 랑을 패기 시작한다. 커

다란 남자애가 조그마한 여자애를 때린다. 마치 감자를 으깨듯이. 그런 건 쉽게 볼 수 있는 게 아니다. 다들 그걸 안다. 그래서 모두들 들여다보고 있다. 이건 정말 지겹다. 자꾸만 같은 노래가 흘러나오고 있다. 그런데 그 노래는 좋지가 않다. 아니 아주 나쁘다. 나는 고개를 든다. 워싱턴 모자의 얼굴이 눈에 들어온다. 그 애는 입을 꾹 다물고 있다. 퍽, 하는 소리가 난다. 아주 잠깐 동안 시간이 멈춘다. 그러고는 다시 흐른다. 느리게. 너무 느리게. 아이들은 여전히 입을 다물고 있다. 나는 이제 더 이상 참을 수가 없다. 이 노래를 더 이상 듣고 싶지 않다.

나는 워싱턴 모자를 향해 손을 뻗는다. 워싱턴 모자는 고개를 들지 않는다. 나는 말한다. 나 이제 너랑 놀기 싫어.

갑자기 조용해진다. 난 다시 말한다. 이번엔 좀 더 크고 분명하게. 나 이제 너랑 놀기 싫어. 이제 내 말을 못 들은 사람은 없다. 워싱턴 모자가 고개를 들어 나를 본다. 나도 역시 워싱턴 모자를 본다. 나는 말한다. 난 니 개가 아니야. 여기 니가 키울 개는 없어.

그리고 나는 모자를 벗는다. 그걸 창밖으로 던진다. 모자가 날아간다. 이어 모든 것이 멈추어 버린다. 모자가 땅에 내려앉는다.

18
다음 일은 생각하지 않기로 한다.

19

　나는 이제 정말로 아무랑도 안 논다. 그리고 내가 아무랑도 놀지 않는 것은, 다들 시시하기 때문이다. 물론 나도 시시하다. 그러니까 나 혼자로도 충분하다. 시시한 사람들이 모여 있어 봤자 더 시시해질 뿐이다. 아무랑도 놀 필요가 없다. 개를 생각해 봐도 그렇다. 개는 친구가 없다. 개한테는 주인만 있다. 그러면 된다. 사람이 개랑 다를 게 뭐냐. 그러니까 개, 개처럼 살자. 나는 그렇게 결심했다. 그리고 책을 한 장 넘겼다. 사회 시간이었다. 책에는 지도가 그려져 있었다. 내가 한 번도 가 본 적 없는 곳의 지도가 그려져 있었다. 그 옆에는 내가 한 번도 본 적 없는 사람들의 사진이 실려 있었다. 사람들은 웃고 있었다. 그리고 그건 나랑 아무 상관도 없는 일이다. 개가 되어야겠다. 난 또 한 번 결심했다. 좋다. 그럴 거다. 친구 따위 필요 없다. 아니 그딴 게 있을 리가 없다. 왜냐하면 나한테 없으니까. 랑, 나는 니가 싫어. 나는 랑의 자리를 노려보았다. 랑은 거기 없었다. 랑은 오늘 학교에 안 나왔다.

　친구가 없다는 건 멋진 거다. 왜냐하면 그건 랑이 학교에 나오든 안 나오든 상관할 필요가 전혀 없다는 뜻이기 때문이다. 그건 내 쇠 구슬이 가벼워진다는 뜻이다. 집에 가만히 있어도 된다는 뜻이다. 아무것도 기다리지 않아도 된다는 뜻이다. 희망을 갖지 않아도 된다는 뜻이다. 결국 다 나빠진다는 걸 미리부터 알고 있는 건 멋진 일이다. 왜냐하면 어떤 것에도 실망할 필요가 없으니까. 그런데 왜 나는 울고 싶어질까. 아니 난 벌써 울고 있다. 눈을 깜빡이자 눈물이 떨어졌다. 눈물방울은 책에 닿자마자 그대로 터져 버렸다. 그리고 어두운 얼룩이 되어서 종이 속으로 스며들었다. 나는 그 위에 손가락을 올려놓았다. 그건 조금 뜨거웠다. 아니, 그건 조금 차가웠다. 다시 책을 한 장 넘겼다. 손에 든 펜을 부러뜨릴 듯이 꼭 쥐었다. 머리를 흔들고는, 괜찮다고 생각했다. 눈물은 금방 마를 거고 어두운 건 다시 밝아질 거다. 그러니까 걱정하지 않아도 된다.

20

난 괴롭고, 시시해지고 있다.

21

랑은 학교에 나오지 않는다.
매일 밤 내 꿈에 나온다.

22

랑이 학교에 안 나오자 야구부 애들은 심심해졌다. 아니 다른 애들도 좀 심심해졌다. 그런 얼굴들을 하고 있다. 그러니 새로운 랑을 필요로 하는 건 우리 모두였다. 아이들에게 가장 나쁜 일은 지루한 것이기 때문이다. 친구를 발로 차 죽이는 것보다도 무서운 일이기 때문이다. 그래서 우리는 새로운 랑을 기다렸고 그건 너무 쉽게 구해졌다. 그건 바로 나였다. 나는 복도에 서 있었다. 창밖에 서 있는 나무들을 보고 있었다. 나무들은 싱그러운 초록빛이었다. 왼쪽에서 워싱턴 모자가 다가오고 있었다. 오른쪽에서는 도쿄 모자가 다가오고 있었다. 싱그러운 나무 아래에서는 상하이 모자가 나를 올려다보고 있었다. 나는 움직이지 않았다. 어떻게 해야 할지 몰라서였다. 그게 무슨 뜻인지 알 수가 없어서였다.

아!

소리를 지른 건 내가 아니라 워싱턴 모자였다. 나는 워싱턴 모자를 보았다. 워싱턴 모자는 찡그린 얼굴로 나를 보고 있었다. 나는 아무 말도 안 했다. 아! 워싱턴 모자가 다시 소리쳤다.

뭐야. 내가 말했다.

왜 쳐. 워싱턴 모자가 말했다.

안 쳤는데.

왜 치냐고.

내가 널 언제…….

갑자기 워싱턴 모자가 내 머리를 잡고 흔들기 시작했다. 아, 아, 나는 소리 질렀다. 워싱턴 모자가 내 머리를 더 세게 흔들었다. 나는 이리저리 흔들리다가 바닥에 넘어졌다. 하하하. 워싱턴 모자가 웃었다. 하하하. 다른 모자들도 웃었다. 하하하. 웃음소리가 멀어졌다. 점점 더 멀어졌다. 그러다 결국 없어졌다. 그러자 아주 조용했다. 아무 일도 없었던 것처럼. 하지만 난 알았다. 끝이 아니라는 걸 말이다. 그게 시작이었다.

23

　나는 선생님들한테 사랑을 못 받고 있는 게 분명하다. 왜냐하면
야구부 애들이 나를 때려도 선생님들은 가만히 있기 때문이다. 야
구부 애들이 나보다는 더 사랑받고 있을 게 분명하다. 왜냐하면 야
구부 애들의 엄마들은 매주 흰색 빨간색 자동차를 타고 학교 운동
장을 가로지르기 때문이다. 우리 엄마는 그러지 못한다. 왜냐하면
차가 없으니까. 왜 차가 없냐면, 돈이 없으니까. 더럽다. 이런 생각
은 정말로 더럽다. 하지만 나는 거짓말을 지어내고 있는 게 아니
다. 중요한 건, 내가 맞고 있다는 거다. 아니 맞는다기보다는 굴려
지고 있다. 아니 굴려진다기보다는 벗겨지고 있다. 벗겨진다기보
다는 만져지고 있다. 워싱턴 모자는 나를 이제 개처럼 만지지 않는
다. 벗겨진 바비 인형처럼 만진다. 아니 만지지 않는다. 툭툭 건드
린다. 뭔가 문지르는 것 같다. 그럴 때 나는 당연히도 나쁜 생각을
한다. 워싱턴 모자를 죽이고 싶다는 생각을 한다. 워싱턴 모자를
죽이는 상상을 한다. 하지만 사실 그럴 땐 아무 생각도 하지 않는
편이 좋다. 배터리를 꺼낸 시계처럼 멈추어져 있는 게 좋다. 지금
펼쳐지는 이 시간을 잘라 내어 없는 것으로 하는 것이 좋다. 머릿
속에 숟가락을 넣어 그 시간만큼의 기억을 퍼내는 것이 좋다. 모든
게 다 기분 나쁜 꿈이라고 생각하는 편이 좋다. 하지만 매일 수업

이 끝나고 얻어맞은 다음 비틀거리며 집으로 돌아가는 것은 확실히 큰 문제다. 그런데 다른 방법이 없다. 모두가 나에게서 분명하게 멀리 떨어져 있다. 어느 때보다도 나는 혼자 있다. 어쩌면 이걸 참는 것보다 워싱턴 모자를 죽이는 편이 쉬울 거다. 그러니까, 가방에다가 망치를 숨겨 오면 된다. 수업 시간 종이 치면 가만히 앉아 있는 거다. 수업이 십오 분쯤 지났을 때 갑자기 일어나서 가방을 들고 교실을 나가면 된다. 그리고 조용히 옆 반으로 들어간다. 왜냐하면 거기가 워싱턴 모자의 반이기 때문이다. 거기 맨 왼쪽 맨 뒷자리에 워싱턴 모자가 앉아 있을 거다. 워싱턴 모자에게 다가가면서 재빨리 망치를 꺼내면 된다. 그리고 그걸로 워싱턴 모자의 머리를 때리면 된다. 그러면 된다. 생각보다도 훨씬 더 쉬울 거다.

하지만 나는 그러지 못할 거라는 걸 알고 있다. 그걸 워싱턴 모자도 알고 있다. 워싱턴 모자는 아무도 자기한테 그러지 못할 거라는 걸 알고 있다. 그리고 워싱턴 모자가 그걸 알고 있는 걸 우리도 알고 있기 때문에 우리들은 아무것도 못 한다. 그러니 워싱턴 모자는 살아 있을 거다. 계속해서. 오래오래 살아 있을 거다.

쳐다보는 아이들은 아주 조용하다.

무슨 일이 벌어지기를 바라고 있는 거니. 무슨 일이 벌어지기를 바라고 있는 거니. 들어줄 테니까 말을 해 봐.

말을 해 보라고!

블라우스를 벗어 봐.

워싱턴 모자가 말한다.

그럼 때리지 않을게.

워싱턴 모자가 웃는다.

그건 여전히 귀엽다.

모두가 보고 있다. 내 뺨은 젖어 있다. 뭔가가 잔뜩

묻어 있다.

누군가 말을 한다. 하지만 난 잘 들리지 않는다. 내 귀는 막혀 있다. 입도 그런 것 같다. 아니 안 막혀 있다. 난 뭔가 먹고 있다. 아니 안 먹는다. 뭔가 들어 있다. 입 속에. 아니 손바닥에, 발바닥에 달라붙어 있다. 아니 머리카락에, 눈썹에. 간질거린다. 발가락 사이가.

뭔가 꿈틀거린다. 뭔가 살아 있다. 살아 있는 게 내 발등을 타고 기어오른다. 아니 기어 내려간다. 아니 하나는 기어 올라가고 하나는 기어 내려간다. 아니 그건 두 개가 아니라 세 개다. 나는 흔들린다. 아니 떨고 있다. 춥다. 아니 땀을 흘린다. 아니 울고 있다.

치마를 벗어 봐. 그럼 때리지 않을게.
팬티를 벗어 봐. 그럼 때리지 않을게.

그럼 때리지 않을게. 그렇게 말하고 워싱턴 모자가 때린다.

숨이 잘,
쉬어지지 않는다.

모두가 야구 모자를 쓰고 있다.
모자들은 하나같이 뭉개져 있다.
지금은 한낮이다. 그런 것 같다. 그런데 내 눈에는 모든 것이 까맣게 보인다.
너무 어두워 얼굴들이
하나도
보이지가 않는다.

벗겨진다. 살갗이, 아니 스타킹이?

사라진다. 감각이, 아니 치마가?

찢어진다. 입술이, 아니 브래지어가?

도대체 나한테 왜 이러는 거야!

왜냐고?

왜냐하면 말이지, 우리들은 겁쟁이니까,

어,

겁쟁이들이니까!

겁쟁이들이 소리친다. 동시에 팔을, 아니 다리를 뻗는다. 거기엔 커다란 구멍이 하나 있다. 그리로 모든 게 흘러 들어간다. 근데 그 구멍이 나다. 워싱턴 모자가 웃는다. 그건 여전히 귀엽다. 그렇다는 생각이 든다. 나는 눈을 감는다. 하지만 여전히 워싱턴 모자의 미소가 보인다. 그 미소는 사라지지 않고 계속해서 내 눈앞에 있

다. 난 이제 워싱턴 모자를 죽이고 싶지 않다. 죽고 싶다. 난 죽고
싶다.

24

랑이 손바닥을 폈다. 열일곱이라고 쓰여 있었다. 열일곱 번째였
다. 랑이 내 꿈에 나온 것이 말이다. 랑이 그렇다고 했다. 그러니까
그런 거다. 난 더 이상 아무것도 모르겠다. 꿈속에서 랑은 열일곱
이라고 쓰여 있는 손바닥을 열일곱 시간 동안 펴고 있었다. 그리고
난 열일곱 시간 동안 가만히 펼쳐진 랑의 손바닥을 바라보았다. 시
간은 더욱더 천천히 흘러갔다. 내 몸도 아주아주 천천히 움직였다.
랑의 몸에서 빛이 나기 시작했다. 그건 조금씩 환해지다가 결국 방
안을 가득 채웠다. 난 계속해서 랑을 보았다. 갑자기 난 거기가 모
자 속이라는 걸 깨달았다. 우리는 워싱턴 모자 속에 들어 있었다.
작은 쥐들처럼, 모자 안에서 꿈틀거리고 있었다.

25

열여덟 번째.

26

꿈을 꾸고 싶지 않아서 밤에 잠을 자지 않기 시작했다. 눈을 크
게 뜨고 밤새 잠든 엄마와 아빠 그리고 동생을 쳐다보았다. 다행히

도 엄마 아빠 동생은 아주 잘 잤다. 해가 뜨면 얼른 가방을 메고 학교로 갔다. 학교에는 아무도 없었다. 나는 창문을 열고 양호실로 기어 들어가 잠을 잤다. 잠에는 꿈이 없었다. 양호실처럼 하얗고 밝기만 했다. 그러다 깨어나 교실로 돌아가려고 양호실 문을 열면, 양쪽에서 야구부 애들이 나타나 내 머리카락을 끌어당겼다. 나는 질질 끌려가면서도 깜빡 잠들었다 깨어나고는 했다. 이제는 화가 나지도 않았다. 졸리기만 했다. 아니 이제 모든 것이 꿈인 것만 같았다. 점점 나는 종일 꿈속에 있었다. 어디에서나 랑을 볼 수 있었다. 그리고 난 더 이상 동생을 괴롭히지 않았다. 하지만 역시 가끔 동생을 발로 차고 싶었다. 하지만 너무 졸려서 그러지 못했다. 나는 녹은 치즈처럼 바닥에 달라붙어 움직일 수 없었다. 바닥에 딱 달라붙은 채로 눈앞에서 천천히, 흔들리는 랑을 보고 있었다.

27

교문을 들어서자 운동장이 기우뚱 흔들렸다. 난 비틀거리며 운동장을 지그재그로 가로지르기 시작했다. 그러자 야구부 애들이 지그재그로 나를 쫓아 몰려들었다. 하지만 괜찮았다. 내 옆엔 랑이 있었으니까. 눈을 뜨면 여전히 같은 자리였다. 여전히 같은 곳을 지그재그로 가로지르고 있었다. 내 옆에는 랑이, 야구부 애들은 멀리서 지그재그로 몰려들고 있었다.

문을 열자 교실엔 아무도 없었다. 안으로 들어서자마자 넘어졌다. 난 그대로 잠이 들었다.

꿈속에서 랑이 내게 말했다. 더 이상 네 꿈에 나오지 않기로 했어. 왜냐하면 이제 나는 너를 좋아하지 않으니까.

랑과 나는 운동장을 가로지르고 있었다. 바람이 불었고, 랑의 머리카락이 흔들렸다. 나는 아무 말도 할 수 없었다.

그러니까 이게 마지막이야. 안녕.

랑이 멀어지기 시작했다. 그러니까 지그재그로. 나는 허우적거렸다. 안 돼, 하고 말했던 것 같다. 그러고는 잠에서 깨어났다.

깨어나자 국어 선생님이 나를 내려다보고 있었다.

어디 아프니?

아뇨.

그럼 니 자리로 돌아가 앉아.

나는 그렇게 했다. 그러고는 앞을 보고 깜짝 놀랐다. 랑이 있었다. 랑이 내 앞자리에 앉아 있었다. 랑이 손을 흔들었다. 나도 손을 흔들었다.

졸리는구나. 랑이 말했다.

어.

랑이 웃었다. 기분이 좋아 보였다. 이상했다. 나는 기분이 좋지 않았으니까.

랑, 나는 니가 싫어.

난 말했다. 그러자 랑도 말했다.

어, 나도 니가 싫어.

그러더니 갑자기 랑이 사라졌다. 나는 다시 눈을 크게 떴는데, 우리는 다시 운동장에 있었다.

랑이 말했다. 더 이상 네 꿈에 나오지 않기로 했어.

왜냐하면 이제 나는 너를 좋아하지 않으니까.

랑과 나는 운동장을 가로지르고 있었다. 바람이 불었고, 랑의 머리카락이 흔들렸다. 나는 아무 말도 할 수 없었다.

그러니까 이게 마지막이야. 안녕.

난 다시 잠에서 깨어났다. 고개를 들자 국어 선생님이 나를 내려다보고 있었다.

어디 아프니?

네.

그럼 양호실에 가 봐.

난 일어났다. 아이들이 한꺼번에 나를 돌아보았다. 거기 랑은 없었다. 하지만 꼭 어디선가 숨어 나를 보고 있는 것만 같았다. 교탁 아래에. 아니면 복도 창에 매달린 채. 아니면 사물함 속에서. 나는 무서워져서 얼른 교실에서 나왔다. 랑은 여전히 보이지 않았다. 하지만 난 알았다. 거기 어딘가 랑이 있다는 걸, 숨어서 몰래 나를 보고 있다는 걸 말이다. 랑이 왜 그래야 하느냐고? 그야 당연히 날 괴롭히려고! 나는 계단을 뛰어 내려갔다. 창 너머로 야구부 애들이 보였다. 나는 똑바로 운동장을 가로질렀다. 그 애들은 이번엔 나를 쫓아 몰려오지 않았다. 나는 교문을 빠져나왔다. 여전히 랑은 없었다. 횡단보도를 건넜다. 골목길을 지나쳤다. 랑은 여전히 아무 데도 없었다. 결국 집에 도착할 때까지 랑은 나타나지 않았다. 문을 열자 동생이 보였다. 언제나처럼 동생은 바닥에 누워 있었다. 그런데 누워 있는 동생은 어쩐지 조금 초록색으로 보였다. 나는 조금 초록색인 동생을 가만히 내려다보았다. 눈을 감고 있었지만 자고 있는 것 같지는 않았다. 나는 동생을 끌어안았다. 그러자 동생이 버둥거렸다. 초록색 얼굴을 하고 초록색 숨을 쉬며 버둥거렸다. 괜찮아. 나는 속삭였다. 괜찮아. 괜찮아. 괜찮아. 그리고 나는 눈을 감았다. 조금씩, 아주 조금씩, 잠들었다.

28

눈을 떴을 땐 노을이 지고 있었다. 그건 너무 빨개서 온 세상에 불을 지른 것만 같았다. 창은 활짝 열려 있었고, 노을과 함께 짙은 간장 냄새가 쏟아져 들어오고 있었다. 동생은 왼쪽 구석에 죽은 것처럼 잠들어 있었다. 나는 일어나 창가로 갔다. 새빨간 노을이 공장을 집어삼키고 있는 것이 보였다. 그건 정말로 무시무시했다. 너무 무시무시해서 노을이 다 지고 나면 온 세상이 함께 사라질 것만 같았다.

난 창을 닫았다.

동생은 여전히 구석에 누워 있었다. 아까랑 똑같이 말이다. 그런데 아까보다도 좀 더 초록색으로 보였다. 이상한 일이었다. 난 텔레비전을 켜고 바닥에 앉았다. 텔레비전에는 불이 난 산이 나왔다. 산은 초록색이었다. 동생처럼 말이다. 그리고 불은 빨갰다. 노을처럼 말이다. 헬리콥터가 그 위를 날아다니고 있었다. 날아다니며 흰색을 뿌리고 있었다. 난 동생을 보았다. 초록색이 더 짙어져 있었다. 너무 초록색이라서 차라리 검은색으로 보였다. 난 머리를 흔들었다. 꿈을 꾸고 있는 건가? 깨어나지 않은 건가? 나는 텔레비전을 껐다. 그리고 동생을 불렀다.

동생은 대답이 없었다.

야, 일어나. 배고파. 라면 좀 끓여 와.

여전히 조용했다.

야, 일어나. 라면 끓여 오라니까.

난 동생을 향해 손을 뻗었다. 그리고 손이 동생의 몸에 닿은 순간 그대로 딱 굳어 버렸다. 순식간에 모든 것이 초록색이 되었다. 눈에 보이는 모든 것이. 천장도 바닥도 텔레비전도 동생도 모두. 그래서 어떤 것이 동생인지 알 수가 없었다. 아무것도 움직이지 않았고 소리가 나지도 않았다. 초록색만이 점점 더 짙어졌다. 세상에서 가장 긴 일 초가 흘러갔다. 나는 억지로 입을 열었다. 그러자 가느다란 소리가 새어 나오기 시작했다. 그건 조금씩 커지더니 마침내 비명이 되었다. 나는 귀를 막고 달아나기 시작했다.

29

이건 꿈이야. 아니야, 꿈이 아니야. 맞아, 꿈이야. 안 돼! 아니야!
하지만 그렇게 생각하잖아? 꿈이었으면 좋겠잖아? 아니야? 모르
겠어! 바다가 보고 싶어. 바닷속으로 들어가고 싶어. 바닷속에 들
어가서 다시는 나오지 않고 싶어. 아니, 그럴 거야. 그렇게 할 거야.
다시는 밖으로 나오지 않을 거야. 돌아오지 않을 거야. 돌아오지
않을 거야. 난 물속으로 들어갈 거야. 들어가서 다시는 나오지 않
을 거야! 물고기가 되어 버릴 거야! 어,

물고기가 될 거라고!

어두워지는 하늘을 빙글빙글 도는 갈매기들은 바닷속을 헤엄치
는 물고기 떼 같았다. 길은 푸른빛으로 가라앉고 있었다. 바람에는
모래와 파도의 색이 섞여 있었다. 달과 별은 구름 속에 숨어서 보
이지 않았다. 아주 멀리 희미하게 깜빡이는 불빛이 보였다. 멀리서
속삭이듯이 파도 소리가 들려왔다. 바다의 냄새가 조금씩 진해졌
다. 하늘을 덮은 구름은 죽은 듯 멈춰 있었다. 바다가 조금씩 가까
워지고 있었다. 그리고 난 달리고 있었다. 얼굴은 땀과 눈물로 뒤
덮여 있었다. 그리고 바다로 뛰어든 순간, 난 내 곁에 뭔가가 더 있
다는 걸 깨달았다. 그건 랑이었다.

나, b, 책

난 실험해 보려는 것뿐이야.

아냐, 넌 미쳐서 죽으려는 거야.

아니야, 난 알고 싶은 거야.

뭘?

내가 몇 퍼센트까지 간절해질 수 있는지.

1

우리는 끝으로 간다.

2

나는 바다를 보고 있었다. 붉게 물든 바다 위를 금빛 새들이 날아다녔다. 멀리서 흔들리는 배는 검은 그림자였다. 붉은 파도가 바다를 흔들며 멀리 퍼져 나갔다. 나는 결심했다. 다시는 학교에 가지 않겠다고. 아니, 아무 데도 가지 않겠다고. 책처럼 말이다. 나는 뒤를 돌아보았다. 책은 모래밭에 앉아 책을 읽고 있었다. 책 속으로 기어 들어가려는 것처럼 책을 향해 목을 쭉 늘인 채 책을 읽고 있었다. 세상에는 온갖 책이 있다. 책은 말했다. 왜냐하면 온갖 사람들이 온갖 책을 쓰기 때문이다. 그리고 그건 전부 다 책 밖의 세상에 대한 것이다. 그러니까 책이란 책 밖에서 오는 것이다. 모든 건 책 밖에서 책 안으로 들어간다. 나도 그러고 싶다. 책 속으로 들어가고 싶다. 책은 그렇게 말했다. 거기는 책의 집이었고, 우리는 라면을 먹고 있었다. 계속해서 책이 말했다. 나는 책을 읽기만 한다. 그것 말고는 아무것도 안 한다. 감상문을 쓰지도 않는다. 감동을 받아서 그림을 그리거나 노래를 부르지도 않는다. 더 똑똑해지지도 않고 더 넓어지지도 더 좁아지지도 않는다. 더 깊어지지도 더 얕아지지도 않는다. 더 어른이 되지도 더 아이가 되지도 않는다. 풍부해지지도 황폐해지지도 않는다. 그게 진짜 책 읽기다. 난 그렇게 생각한다. 사람들은 뭔가를 알고 싶어서 책을 읽는다. 뭔가를 얻으려고 책을 읽는다. 더 똑똑해지려고, 변하려고, 아니면 변하게 만들려고, 달라지려고, 더 멀리 가려고, 반성하려고, 기억하려고, 더 깊어지려고, 좋아지려고, 혹은 나빠지려고 읽는다. 지루함을 잊어 보려고, 슬픔을 잊어 보려고, 아니 슬퍼지려고, 지루해지려고, 기뻐지려고, 아니 기뻐지지 않으려고, 화를 내려고, 화를 참으려고, 화를 없애 보려고, 용서하려고, 용서하지 않으려고, 울고 싶어서, 눈물을 닦으려고 책을 읽는다. 그러니까, 무서워서 읽는다는 말이다. 하지만 난 무섭지 않다. 나는 진짜로 책을 읽기 위해서 이곳에 왔다. 아는 사람이 아무도 없는 이곳에 왔다. 나는 이 도시를 모른다. 관심도 없다. 아무것도 알고 싶지 않다. 나는 그냥 책을 읽고 싶다. 사람들은 나처럼 책만 읽는 건 정신 건강에 좋지 않다고 말한다. 그러니까 책만 읽으면 안 된다고 한다. 책 읽는 것 말고 다른 것도 좀 해야 한다고 말한다. 가끔은 영화도 보고 사람도 만나고 맛있는 것도 먹고 또 가끔은 내가 사는 이 도시와 나라와 세계에 대해서 고민을 해 봐야 한다고 말한다. 하지만 난 그렇게 생각하지 않는다. 아니 그러고 싶지 않다. 그러니까 다들 나를 내버려 두었으면 좋겠다. 난 내가 어떤 나라에 살든 그 나라가 내일 이름을 바꾸든 세계가 멸망하든 아무 관심 없다. 어차피 다 똑같다. 사람들은 태어나고 또 죽는다. 그리고 그사이에는 먹는다. 죽지 않으려고 먹는다. 그게 다다. 그러니까 난 내가 먹는 것이 라면이든 빵이든 정말로 상관없다. 책만 있으면 된다. 사람들은 내가 이렇게 생각하는 것이 미쳤기 때문이라고 생각한다. 하지만 나는 미친 건 다들 마찬가지라고 생각한다. 다들 미쳤다. 제정신이 아니다. 그래서 난 사람들이 싫다. 나 자신도 싫다. 나는 책이 좋다.

　가라앉는 해를 마침내 바다가 꿀꺽 삼켜 버렸다. 그러자 바다는 더욱 붉어졌고, 하늘도, 그리고 책도 마찬가지였다. 저거다. 책이 말했다. 나는 다시 책을 돌아보았다. 책은 책을 읽지 않고 있었다. 바다를 보고 있었다. 어떤 그림을 본 적이 있다. 책이 말했다. 한 남자의 그림이었다. 남자는 옷을 다 벗은 채 양손으로 세면대를 잡고 머리를 세면대 속에 처박고 있었다. 그러니까 남자는 세면대 구멍 속으로 들어가려고 하고 있었다는 말이다. 나는 그걸 보고 깜짝 놀랐다. 왜냐하면 그건 나였으니까. 내가 책 속으로 기어 들어가려고 하는 것처럼 그 남자는 세면대 속으로 들어가려 하고 있었던 것이다. 그렇다. 난 책 속으로 들어가고 싶다. 그게 내 꿈이다. 책 속으로 들어가서 다시는 나오고 싶지 않다. 그렇게 말하고 책은 입을 다물었다. 나는 다시 바다를 보았다. 이제 바다는 검은색이었다. 하늘도 검은색이었다. 갈매기도 마찬가지였다. 모든 것이 그림자가 되었다. 책이 손전등을 켜 책장을 비추었다. 그러더니 다시 책을 읽기 시작했다. 나는 세면대에 대해서 생각하기 시작했다. 벌거벗은 남자에 대해서, 세면대와 세면대에 난 구멍에 대해서 생각하기 시작했다. 그건 몹시 슬픈 그림일 게 분명하다. 차라리나는 세면대구멍속으로들어가버리겠어 하고 말하고 있는 그림은 차라리나는죽어버리겠어 하고 말하는 그림보다 훨씬 슬플 게 분명하다. 책장을 넘기는 책의 어깨는 더 굽어 있었다. 나는 세면대에 난 구멍 속으로 들어가고 싶지 않았다. 책 속으로 사라지고 싶지도 않았다. 난 차라리 바다에 삼켜지고 싶었다. 그 정도면 괜찮다고 생각했다. 그러니까 그 정도의 간절함이다. 세면대에 들어가는 걸 백 퍼센트라고 치면 한 칠십 퍼센트 정도인 거다. 바다에 삼켜지는 게 백 퍼센트라면 책으로 들어가는 건 백이십 퍼센트인 거다. 어, 그 정도의 간절함이다. 백이십 퍼센트 정도로 간절하게 빌어야 겨우 손가락 하나를 책 속에 넣을 수 있을 거다. 하지만 백이십 퍼센

112

트를 이룰 수는 없다. 운이 좋아도 겨우 백 퍼센트? 하지만 백이십 퍼센트는 안 된다. 그러니까 그건

기적이다.

그렇다면 지금 책은 기적을 바라고 있는 거야?

나는 책을 돌아보았다.

책은 책을 읽고 있었다.

어, 책은 기적을 바라고 있어. 그러니까 다들 미쳤다고 하는 거야. 누가 내 귀에 속삭였다. 나는 깜짝 놀라 주위를 돌아보았다. 아무도 없었다. 책 말고는. 그런데 그건 책의 목소리가 아니었다. 그러니까 내 목소리가 분명했다. 책은 미쳤어. 내 목소리가 말했다. 나는 가만히 있었다. 책은 미쳤어. 그래서 헛소리하고 있는 거야. 헛소리로 너를 꾀어내려는 거야.

나를 왜?

너도 미치게 만들려고.

그러니까 왜?

외로우니까. 내 목소리가 말했다. 난 책을 보았다. 혼자 앉아 있는 책은 진짜로 외로워 보였다.

내가 미치면 책이 안 외로워져?

어쩌면.

근데 왜 나는 나랑 이야기해? 나는 왜 나를 너라고 불러? 나도 미친 거 아니야?

아니야, 너는 아직 안 미쳤어.

정말?

어, 근데 미쳐 가는 중이야.

어떻게?

넌 벌써 일주일째 학교에 안 나가고 있잖아.

하지만 엄마는 아무 말도 안 하는걸.

모른 척하고 있는 거야.

왜?

니가 미쳤다고 생각하니까.

하지만 난 안 미쳤다며, 아직.

미쳐 가는 중이라고 했잖아.

어려워.

아냐, 쉬워.

아냐, 어려워.

아냐, 쉬워. 니가 미쳐 가는 중이라서 어렵게 느껴지는 거야.

그런가.

집으로 돌아가.

왜?

그래야 다시 정상이 될 수 있어.

그건 내가 지금 정상이 아니라는 거야?

넌 지금 바닷속으로 걸어 들어가려고 하고 있어.

난 실험해 보려는 것뿐이야.

아냐, 넌 미쳐서 죽으려는 거야.

아니야, 난 알고 싶은 거야.

뭘?

내가 몇 퍼센트까지 간절해질 수 있는지.

하지만……

내가 보기에 책은 안 미쳤어. 그냥 소원을 빌고 있는 거야. 이루
어질 수 없는 소원을 빌고 있는 거야. 어, 기적을 기다리고 있는 거야.

그러니까 미쳤다는 거야.

아니야.

맞아.

나도 그렇게 간절해져 보고 싶어.

왜?

난 바다가 되고 싶어.

넌 고등학생이 될 거야.

싫어, 난 다시는 학교에 안 갈 거야.

멈춰. 넌 바다로 걸어 들어가고 있어.

싫어.

넌 죽고 말 거야.

아냐, 난 바다가 될 거야.

안 돼, 넌 고등학생이 되어야 해.

왜 그래야 하는데?

그냥. 내 말대로 해. 아주 쉬워. 그냥 집으로 돌아가기만 하면 돼. 간단해. 아주 간단해.

아냐, 복잡해. 어려워.

간단해. 쉬워.

아니야.

하지만 곧 돌아가게 될걸.

아니야!

난 소리쳤다.

아니야! 난 집에 안 돌아가! 고등학생은 절대 안 될 거야! 절대로! 난 바다가 될 거야!

어느새 물이 내 허벅지에 닿아 있었다. 난 계속 나아갔다. 물이 곧 내 엉덩이를 삼켰다. 그리고 허리에, 곧 내 두 팔에 닿았다. 이어 물이 내 가슴을 그리고 내 목을 움켜잡았다. 난 멈추어 뒤를 돌아보았다. 책은 아주 멀어져 있었다. 나는 한 발을 더 내디뎠다. 물이 내 입술을 삼켰다. 나는 숨을 깊게 들이마셨다. 물이 내 코를 삼켰다. 난 눈을 깜빡였다. 더 간절해져야 해. 그리고 물이 내 두 눈을 삼켰다. 난 다시 한 발을 옮겼다. 순간 발밑에서 뭔가 무너졌다. 나는 균형을 잃고 넘어졌고, 순식간에 누군가 끌어당기듯이 아래로 가라앉기 시작했다. 난 허우적거리는 대신 눈을 감고 간절함에 대해서 생각하기 시작했다. 하지만 계속해서 가라앉을 뿐이었다. 난…… 더 이상 간절해질 수는 없을 것 같았다. 난 울기 시작했다. 흘러나온 눈물은 곧 바다에 섞여 버렸다. 바다는 두꺼운 이불처럼 내 온몸을 감싸 안은 채 날 계속 아래로 끌어당겼다. 더 이상은, 더 이상은 힘들다고 생각했다. 그런데 그때였다. 뭔가 부드러운 것이 내 몸에 닿았다. 그리고 몸이 떠오르기 시작했다. 멀리서 희미한 빛이 나를 향해 다가오기 시작했다. 순식간에 나는 물 위로 떠올랐다. 난 눈을 떴다. 거기 b의 얼굴이 있었다. 백이십 퍼센트. 기적이 이루어졌다.

3

백이십 퍼센트. 랑이 말했다. 그리고 나에게로 쏟아졌다.

4

b는 울고 있었다. 파도가 b의 젖은 얼굴 위로 부서졌다. 그러자 모든 게 b의 눈물처럼 보였다. 난 b의 손을 꼭 잡았다. 멀리서 책이 뛰어오고 있었다. b가 내 손을 꼭 쥐었다. 그리고 우리는 바다를 빠져나왔다.

5

하이웨이의 문을 열자 커다란 흰 개가 나타나 꼬리를 흔들었다.

우리들의 옷에서는 계속해서 물이 떨어졌다. 먼지가 쌓인 선반 너머 닫힌 문틈으로 빛이 새어 나오고 있었다. 문이 열렸다. 그러자 검게 젖은 바닥이 불빛을 받아 빛났다.

할머니가 건네준 수건으로 우리가 몸을 닦는 동안 책은 슈퍼 앞을 서성거렸다. 할머니가 뜨거운 보리차를 가져다주었다. 책의 팔에 걸린 비닐봉지가 흔들거리는 게 보였다. 방에서 아주 작게 텔레비전 소리가 흘러나오고 있었다.

왜 이렇게 젖었냐. 바다에 빠졌냐. 할머니가 물었다.

우리는 뜨거운 보리차가 든 컵을 양손으로 쥐고 후후 불었다.

쟤는 왜 안 젖었냐. 할머니가 책을 보며 물었다.

책을 보고 있었거든요. 내가 말했다.

뭐라고?

책을 보고 있었다고요.

바보 새끼.

할머니가 말했다.

b가 웃음을 터뜨렸다.

왜 웃어.

바보 새끼라잖아. b가 계속 웃었다.

나도 웃기 시작했다. 할머니도 웃기 시작했다. 우리는 큰 소리로 웃었다. 그러자 기분이 좋아지고 몸이 조금 뜨거워졌다. 우린 계속 웃었다. 기분이 더 좋아졌다. 몸이 더 뜨거워졌다. 에에쥐. b가 재채기를 했다. 우린 계속 웃었다.

6

너희들 정말로 집에 돌아가지 않을 생각인 거냐.

책이 물었다.

우리는 대답하지 않은 채 나란히 의자에 앉아 있었다.

다리가 아파. 책이 무릎을 두드렸다. 그런 책은 할아버지 같았
다. 나는 b를 보았다. b는 웃음을 참고 있었다. 나도 그랬다.

에에취!

b가 재채기를 했다.

감기에 걸렸냐!

책이 소리쳤다.

아니에요. b가 고개를 저었다.

거짓말 마.

아니에요. 내가 말했다. 에에취. b가 다시 재채기를 했다.

나빠. 아주 나빠. 책이 주먹을 쥐었다.

왜요? 내가 물었다.

난 감기가 싫어.

저도요. b가 그렇게 말하고는 왼손으로 코를 비볐다.

감기에 걸리면 책을 읽을 수가 없잖아.

왜요?

머리가 빙빙 돌잖아. 책이 머리에 대고 손을 빙글빙글 돌렸다.

그럼 안 읽으면 되잖아요. b가 말했다. 그러자 책이 b를 노려보았다. 그러자 b도 책을 노려보았다.

넌……. 책이 말했다. 아냐, 됐어.

왜요, 말해 보세요.

역시 당돌하군. 후후후. 책이 입을 가리고 웃었다.

b가 웃음을 터뜨렸다.

뭐, 뭐가 웃기냐?

아저씨가요. b가 말했다.

내, 내가 뭐?

후후. b가 책의 웃음을 따라 했다. 나는 입술을 깨물고 고개를 푹 숙였다.

저기 버스가!

책이 손을 뻗었다. 우리는 그쪽을 봤다. 아무것도 없었다. 우린 책을 보았다. 안 오는군. 후…….

책은 후후 웃으려다 말고 b를 슬쩍 쳐다보고는 입을 다물었다.

왜 제 눈치를 보세요? b가 웃음을 참으며 말했다. 웃으세요, 마음껏.

허허. 책이 손을 흔들었다. 이런 어려운 경우가 다 있군.

b가 다시 웃기 시작했다.

왜 웃는 거야! 왜!

말을 너무 웃기게 하잖아요. b는 배를 움켜잡았다. 아, 배 아파.

책이 나를 보았다. 구해 달라는 표정이었다.

그만해. 나는 말했다. 민망해하시잖아.

아, 그래? b가 배에서 손을 뗐다. 죄송해요.

됐어.

아녜요, 죄송해요.

됐다니까!

아, 그럼, 뭐.

근데 우리 버스 탈 거예요? 나는 물었다.

왜, 싫으냐?

그건 아닌데요, 차비가 없어요. 난 말했다.

나도 없는데. b가 말했다.

그 말은 즉, 나한테 돈을 내 달라는 거냐.

그냥 내 달라는 거 아니에요. 빌려 달라는 거예요. b가 말했다.

허허…….

책이 한 손으로 이마를 짚더니 고개를 절레절레 흔들었다.

왜요? 내 주기 싫어요? b가 물었다.

괜찮아요. 그럼 아저씨만 버스 타세요. 저희는 걸어갈게요.
내가 말했다.

그런 게 아니야! 돈 따위, 있다고 얼마든지!

책은 소리를 꽥 지르더니 주머니에서 돈을 꺼내 우리에게 내밀었다. 구겨진 천 원짜리 한 장이었다.

버스비 정도는 내 줄 수 있다고!

나는 b를 보았다. b는 역시 우스워 죽겠다는 표정이었다. 책이 절레절레 고개를 흔들었다. 멀리 희미하게 자동차 엔진 소리가 들려왔다. 버스였다. 우리는 일어났다. 버스가 천천히 멈춰 서고, 우리는 나란히 버스에 올라탔다.

7

버스는 도시의 북쪽 끝에서 멈추었다. 그게 마지막 정류장이었고, 우리가 버스의 마지막 승객이었다. 텅 빈 버스가 사라지고, 책이 비닐봉지에서 손전등을 꺼냈다. 우리는 길을 가로질러 숲으로 들어갔다. 지난번 책과 헤어졌던 바로 그곳이었다. 깜깜한 숲 속에서 책은 다람쥐같이 날렵하게 움직였다. b는 계속해서 재채기를 했다.

얼마나 더 가야 돼요? 나는 물었다.

다 왔어.

그리고 한 걸음 옮긴 순간, 책이 그대로 사라져 버렸다. 우리는 놀라 책이 사라진 곳으로 뛰어갔다. 순간, 숲이 사라지고, 책이 나타났다. 바닥에 반짝거리는 것들이 잔뜩 떨어져 있는 것이 보였다. 그건 먼지가 아니었다. 별들이었다. 와. b가 감탄했다. 한순간이었다. 시간이 멈추었던 것은 말이다. 그러고는 천천히 되돌아와 다시 흘러가기 시작했다. 이 순간을 잊지 않겠어. 난 생각했다. 그리고 그건 정말이었다. 여전히 전부 다, 기억하고 있다.

8

b가, 그다음엔 내가, 마지막으로 책이 감기에 걸렸다.

9

에에취. b가 코를 닦은 휴지를 바닥에 던졌다. 그리고 침대 위로 쓰러졌다. 아얏! 책이 소리치며 이불 속에서 머리를 내밀고 b를 노려보았다. 나는 침대와 벽 사이에 끼어 있었다. 감기는 내 코와 목을 정복하고 이마에서 발을 구르고 있었다. 그래서 나는 추웠다. 배가 고파. b가 힘없이 중얼거렸다. 나는 코를 훌쩍였다. 책이 이불 속에서 기어 나왔다. 나와 b는 그 이불을 차지하려고 싸우기 시작했다. 책의 얼굴은 열로 빨개져 있었다. 책은 점퍼를 세 겹 입고 죽을 끓이기 시작했다. 좁은 책의 집이 뜨거운 죽의 열기로 채워졌다. 두껍고 축축한 솜이불 속에 들어 있는 것 같은 느낌이었다. 더워. 내가 말했다. 맞아, 더워. b가 말했다. 아냐, 추워. 책이 말했다. 하지만 우리는 그 말을 무시하고 문을 활짝 열었다. 그러자 책이 비명을 지르며 문을 닫았다. 죽이 끓어 넘치기 시작했다. 으악. 냄비를 향해 달려가는 책의 얼굴은 가면을 쓴 것처럼 우스꽝스러웠다. 책이 불을 끄고 그대로 바닥에 쓰러졌다. 나와 b는 땀을 뻘뻘

흘리며 냄비를 향해 기어가기 시작했다. 얼간이들 같아. 나는 생각했다. 새빨간 얼굴로 덜덜 떨고 있는 우리는 모두 얼간이들 같아.

10

그날 밤, 우리들의 감기가 가장 지독했던 밤, 그러니까 그 지독한 감기의 마지막 밤, 우리들은 새벽까지도 잠들지 못하고 끙끙 앓았다. 책은 끙, 끙, 끙, 끙, 끙 하는 소리를 한 시간째 내고 있었다. b는 죽은 것처럼 조용했다. 나는 왼쪽으로 몸을 굴렸다. 구석에 쌓인 휴지와 냄비와 쓰레기와 말라붙은 냄비가 눈에 들어왔다. 배가 고파. 나는 생각했다. 어, 딸기가 먹고 싶다. 나는 딸기에 대해서 생각하기 시작했다. 그러자 신기하게도 딸기들이 하늘에서 쏟아져 내리기 시작했다. 우와. 난 떨어지는 딸기들을 향해 손을 뻗었다. 그런데 딸기가 손에 닿을 때마다 너무 아프고 뜨거웠다. 나는 비명을 지르며 이불 속으로 기어 들어갔다. 그런데 이불 안에 b가 없었다. b는 침대 끝에 앉아 있었다. 우유처럼 하얀 얼굴을 하고 앉아 있었다. b가 말하기 시작했다.

꿈에서 동생이 죽었어. 그래서 나는 엄마 아빠랑 죽은 동생을 땅에 묻기 시작했어. 엄마가 땅을 팠어. 아빠도 땅을 팠어. 나는 망을 보고 있었어. 아주 추운 겨울밤이었어. 입에서 하얀 입김이 나왔어. 흙이 높이 쌓였어. 구덩이가 점점 깊어졌어. 엄마가 동생의 다리를 잡았어. 아빠가 동생의 머리를 잡았어. 난 엉덩이 쪽을 잡았다. 하나, 둘, 셋. 우리는 동생을 구덩이에 던졌어. 엄마가 울기 시작했어. 아빠가 담배에 불을 붙였어. 나는 주머니에서 귤을 꺼냈어. 그런데 그건 동생처럼 초록색이었어. 나는 놀라서 귤을 구덩이에 던졌어. 서둘러야 해. 엄마가 말했어. 아빠가 고개를 끄덕였어. 그리고 함께 구덩이를 메우기 시작했어. 구덩이를 다 메웠을 때 해가 뜨기 시작했어. 경찰들이 오고 있었어. 엄마와 아빠가 도망가기 시작했어. 나를 버려두고 말이야. 엄마! 나는 소리쳤어. 아빠! 하지만 엄마와 아빠는 벌써 사라진 뒤였어. 나는 혼자였어. 나는 혼자 울면서 도망치기 시작했어. 경찰들이 나를 쫓아오고 있었어. 나는 더 빨리 달리려다가 발을 헛디뎌서 바다에 빠지고 말았어. 동생이 물 위에서 나를 내려다봤어. 경찰도 나를 내려다봤어. 랑, 너도 날 보고 있었어. 책도 나를 보고 있었어. 엄마도 아빠도 다 나를 보고 있었어. 그런데 다 초록색이었어. 나만 아니었어. 나는 당황해서 깊이 가라앉고 말았어.

　꿈에서 난 딸기가 먹고 싶었어. 내가 말했다. 그런데 나는 겨울이었어. 난 춥고 가난한 겨울이었어. 그러니까 딸기를 먹을 수가 없었다는 말이야. 할 수 없이 나는 바다에 갔어. 바다는 너무 추워서 얼어붙어 있었어. 그래서 수영을 할 수가 없었어. 거기에 있는 사람들은 아무도 수영을 할 줄 몰랐어. 바다가 다 얼어붙어 있으니까. 사람들은 파도를 몰랐어. 물고기도 몰랐어. 대신 사람들은 스케이트를 아주 잘 탔어. 매일 스케이트를 탔거든. 그리고 펭귄을 잡아먹었어. 백 가지 펭귄 요리가 있었어. 펭귄 볶음밥, 펭귄 샌드위치, 펭귄 국수, 펭귄 쿠키, 펭귄 찌개, 백 가지 펭귄 요리는 전부다 아주 맛있었어. 하지만 난 딸기가 먹고 싶었다고! 하지만 아침마다 펭귄 수프랑 펭귄 빵을 먹어야 했어. 꿈에는 매일 펭귄이 나와서 살려 달라고 비명을 질렀어. 그래서 나는 잠을 잘 수가 없었어. 울면서 잠에서 깼어. 나는 딸기가 먹고 싶었어.

하지만 난 아무것도 할 수가 없었어. b가 말했다. 동생은 너무 초록색이었어. 나는 동생이 미웠어. 너무 미웠어. 그래서 울 수가 없었어. b가 울기 시작했다. 나는 동생이 너무 미웠어. 나는 동생을 안 사랑했어. 나는 동생을 괴롭혔어. 그러니까! b가 소리쳤다. 나는 깊이 가라앉을 만해! b의 비명은 펭귄이 지르는 비명 같았다. 하지만 동생은 초록색이었단 말이야! 나는 너무 무서웠어. 동생은 나뭇잎이 되는 병에 걸렸던 거야. 그게 다 나 때문이야. 내가 동생 약을 버렸어. 내가 동생한테 라면을 끓여 오라고 했어. 내가 동생을 발로 찼어. 내가 동생이 잠들어 있을 때 어서 죽어 달라고 기도를 했어!

아픈 동생을 발로 찼다고! b가 소리쳤다.

그래서 죽은 거야!

b의 비명을 듣고 나는 다시 꿈속으로 굴러떨어졌다. 꿈속은 딸기로 가득 차 있었다. 내가 딸기를 하나 집어 먹으려는데 그 딸기가 말을 하기 시작했다. 자세히 보니 그건 딸기가 아니라 책이었

다. 아니, 책과 아주 닮은 사람, 어, 책의 형이었다. 내 동생은 아직도 책만 읽니? 책의 형이 물었다. 책의 형은 갈색이었다. 책의 형은 갈색이다. 나는 중얼거렸다. 중얼거리는 나는 꿈속에 있었다. 거기에도 역시 b가 있었다. 아니 그건 나였다. 책의 형이 날 불렀다. 순간 나는 b의 꿈속으로 굴러떨어졌다. 그런데 b의 꿈은 책이 꾸는 꿈이었다. 그리고 그 모든 꿈은 사실은 나의 꿈이었다. 그런데 그건 동시에 책의 꿈이었고 b의 꿈이기도 했고 아니 사실 어느 누구의 꿈도 아니었다. 우리들은 다 함께 하나의 꿈으로 빠져들었다가 다시 세 개의 꿈으로 갈라져 나왔다. 모든 것이 뒤죽박죽이 되었다. 그래서 우리는 뭐든지 할 수 있었다. b는 동생을 다섯 번 더 땅에 묻었다. 바다에 던졌고, 태웠고, 허리에 묶어 질질 끌고 다녔다. 책은 책을 읽었는데 그건 식물도감이었다. 그러자 나는 식물도감 속의 보라색 꽃이 되었다. 책은 그 보라색 꽃으로 가득한 벌판에 누워 있었다. 바람이 불었고, 책은 눈이 간지러워 눈을 꺼냈다. 그러자 그건 공이 되었고 그걸 워싱턴 모자가 야구 방망이로 때렸다. 공은 저만치 날아가다 떨어져 굴러가기 시작했다. 그 위로 흰 눈이 내려앉았다. 흰 눈은 파도의 물거품이 되었다. 물거품은 다시 흰 눈이 되었고 우리는 갑자기 모두 북극의 겨울에 있었다. b는 흰 곰이 되었다. 나는 물고기가 되었고, 흰곰이 나를 움켜잡았다. 나는 b의 입 속으로 들어갔다. b의 입 속은 반짝거렸다. 그건 별이었고 하늘이었다. 하늘 위로 연기가 올라갔다. 그건 공장의 굴뚝이었다. 굴뚝에 사람이 매달려 흔들리고 있었다. 그건 b의 동생이었다. b의 동생은 초록색이었고 또 죽어 가고 있었다. 나는 굴뚝을 기어올라가기 시작했다. 사람들이 박수를 치며 나를 응원했다. 나는 쇠사슬에 매달린 b의 동생을, b의 동생인 책을 향해 기어가기 시작했다. 기어가는 나는 b였다. b인 나는 마음이 아팠다. 너무 아팠다. 그래서 잘 기어갈 수가 없었다. 나는 울기 시작했다. 그러자 b의 눈에서 눈물이 떨어졌다. 책의 초록색 뺨 위로 떨어졌다. 책은 움직이지 않았다. 그리고 나는 너무 아팠다. 너무 아팠다. 그런데 그 아픔이 b였다. b가 침대를 때리고 있었다. 엉엉 울면서 침대를 때리고 있었다. 나는 b의 손을 잡았다. 하지만 b는 내 손을 뿌리쳤다. 나는 가라앉을 만해! 그리고 b가 다시 침대를 때렸다. 그러자 집이 흔들렸고 책장에서 책이 떨어졌다. 떨어진 책을 책이 집었다. 국어사전이었다. 책이 그것을 펼쳤다. 거기에는 커다랗게 랑데부라고 쓰여 있었다. 랑데부. 둘 이상의 우주선이 도킹 비행을 하기 위해 우주 공간에서 만나는 일. 책이 그걸 큰 소리로 읽었다. 랑데부. 둘 이상의 우주선이 도킹 비행을 하기 위해 우주 공간에서 만나는 일. 이건 꿈이야. b가 말했다. 그리고 꿈속의 나는 우주에 있어. 난 우주선이거든. 나는 지금 다른 우주선을 만나기 위해서 기다리고 있어. 나는 많이 피곤해. 십 년째 우주 공간에 떠 있었기 때문이야. 나는 이제 쉬어야겠어. 맞아, 이건 꿈이야. 내가 말했다. 그리고 꿈속에서 나는 우주에 있어. 나는 다른 우주선을 만나기 위해서 가고 있는 우주선이야. 나는 새로 태어났어. 나는 힘이 넘쳐. 아냐. 이건 꿈이 아니다. 책이 말했다. 집이 흔들리고 있다. 이건 꿈이 아니다. 책이 자리에서 일어났다. 한 손에는 국어사전을 들고 있었다. 아니 그건 국어사전이 아니었다. 일본어 사전이었다. 아니 리스본 대지진이었다. 집이 더 세게 흔들리기 시작했다. 책이 말했다. 대지진이다. 나는 대지진이다. 나는 대지진을 일으킨다. 하지만 나는 땅에 없어. b가 말했다. 나는 우주에 있어. 나는 우주 공간에서 다른 우주선을 기다리고 있어. 맞아 나는 땅에 없어. 내가 말했다. 나는 우주 공간에서 다른 우주선을 만나러 가고 있어. 책이 외쳤다. 나는 대지진이다. 대지진! 지진을 일으킨다! 일으킨다!

지진.

우주.

지진.

랑데부.

우주.

랑데부.

지진

바다.

지진.

리스본.

리스본.

감기.

책.

감기.

열.

두통.

재채기.

콧물.

열.

열.

열.

추워.

아니, 더워.

추워.

아니, 더워.

추워.

아니, 더워!

아니, 추워!

더워!

덥다고!

우리는 감기에 걸렸어.

우리는 감기에 걸렸어.

우리는 감기에 걸렸어.

우리는 감기에 걸렸어!

우리는 동시에 눈을 떴다. 우리는 같은 이불을 뒤집어쓴 채 같은 침대에 누워 있었다. 시간은 삼십 분밖에 지나지 않았다. 집은 한 번도 흔들리지 않았다. b는 우주에 가지 않았다. 나는 딸기가 먹고 싶지 않았다. 우리는 단지 감기에 걸려 있었다. 멀리서, 희미하게 새가 지저귀는 소리가 들려왔다. 문틈으로 푸른빛이 스며들고 있었다. 이마에 손을 얹었다. 뜨겁지 않았다. 땀도 없었다. 나는 눈을 비볐다. 그러고는 일어나서 똑바로 걸었다. 그럴 수 있었다. 문을 열었다.

빛이, 눈부신 아침 햇살이 쏟아져 들어왔다.

나는 발을 뻗었다. 발가락에 풀이 닿았다. 그건 아프지 않았다. 이슬이 풀밭을 가득 덮고 있었다. 나는 숨을 들이마셨다. 공기는 새것이었다.

감기가 나았다. 나는 생각했다.

어, 그건 정말이었다.

11

몹시 배가 고팠다.

12

책이 가장 커다란 냄비를 꺼냈다. 그건 정말로 커서 나와 b가 동시에 머리에 쓰고 있어도 되었다. 그래서 우리는 그렇게 했다.

후후후후후

우리를 보고 책이 웃었다. 책은 해를 등지고 서 있었고 그래서 검은 종이를 오려 놓은 것처럼 보였다.

후후후후후

아저씨는 왜 자꾸 그렇게 웃어요?

내가 말했다.

그럼 어떻게 웃냐.

하하하. b가 말했다. 하하하, 하고 웃어 보세요.

그렇게 웃었어! 책이 발끈했다.

거짓말! 후후후, 하고 웃었잖아요.

아냐!

거짓말!

아니라니까!

그럼 다시 한 번 웃어 봐요. 하하하, 하고 웃어 봐요.

책이 망설였다.

왜요? 못 웃겠어요?

아냐!

그럼 해 봐요, 어디 한번.

흠.

흠흠흠.

책이 목을 가다듬었다. 그리고 슬쩍 우리 쪽을 보더니 아주 작고 빠르게 속삭이듯 웃었다.

허허허허허.

어이쿠. b가 고개를 흔들었다. 그건 허허허잖아요.

책의 얼굴이 빨개졌다.

하하하 웃을 줄 모르는구나.

웃을 줄 알아. 하지만 책의 목소리는 어쩐지 힘이 빠져 있었다.

못 웃는 것 같은데요.

됐어! 그만해! 안 웃으면 되잖아!

책이 화를 냈다.

안 웃을 거야! 안 웃어!

책이 무서운 얼굴로 우리를 향해 성큼성큼 다가왔다. 그러곤 획, 손을 뻗었다. 우리는 놀라 헉, 뒤로 몸을 뺐다. 책이 우리의 머리에서 냄비를 벗겨 내었다. 그러더니 부엌으로 가서 냄비에 물을 받기 시작했다. 나는 b를 보았다.

니가 너무 심했어.

그런가.

어.

근데 재밌잖아.

그건 그래.

우리는 바닥에 누웠다. 젠장. 책이 중얼거렸다. 젠장, 젠장, 중얼거리면서 책은 냄비를 불 위에 올려놓았다.

근데 아저씨 생일이 언제예요? 나는 물었다.

1월 1일.

우와.

나는 감탄했다.

우와.

b도 그랬다.

13

b가 라면을 후— 불었다.

책이 라면을 후— 불었다.

내가 라면을 후— 불었다.

14

아, 배불러. b가 바닥에 누워 배를 두드렸다.

어, 나도. 나도 바닥에 누워 배를 두드렸다.

먹고 바로 누우면 돼지가 되지. 책이 바닥에 누워 책을 읽기 시작했다.

괜찮아요. 우리는 말했다. 그러곤 곧 잠들었다.

15

그 다음 날 아침, 우리는 다시 라면을 먹었다.

너희는 집으로 안 돌아가냐? 책이 물었다.

우리는 아무 대답 안 했다.

그날 저녁, 우리는 다시 라면을 먹었다.

그 다음 날 아침, 우리는 다시 라면을 먹었다. 이제 라면은 좀 덜
맛있었다.

밤이 되었다. 우리는 다시 라면을 먹었다. 이제 라면은 그냥 그
랬다.

아저씨는 라면만 먹고 살아요? b가 물었다.

아니. 책이 말했다. 나는 그런 사람이 아냐. 먹을 게 떨어졌을 뿐.

그럼 좀 사 와요.

너희는 공짜로 얻어먹으면서 원하는 것이 뭐가 그렇게 많으냐?

그건…….

책이 시계를 보았다.

앗!

왜요?

약속이 있어. 책이 자리에서 일어났다.

무슨 약속요?

왜 내가 너희한테 그걸 말해야 하지?

아, 말하기 싫음 마세요. b가 말했다.

책이 고개를 저었다. 애들이란!

그러더니 책은 뭔가 대단한 비밀이라도 털어놓는 듯한 표정으로 말했다.

혼자 형이랑 마트에 장 보러 갈 거다.

우와, 나도 갈래. b가 말했다.

나도 갈래. 나도 말했다.

안 돼!

왜요?

책이 우리를 보았다. 우리는 불쌍한 표정을 지어 보였다. 그러자 책이 난감하다는 표정을 지었다.

젠장. 책이 고개를 저었다. 애들이란!

16

거기는 버스 정류장이었고, 우리는 혼자의 주인을 기다리고 있었다. 책은 한 손에는 검은 비닐봉지를, 한 손에는 커다란 장바구니를 들고 있었다. b는 그 장바구니를 툭툭 건드리며 낄낄거렸다. 이따금 건너편 어두운 숲 속에서 뭔가가 깜빡거렸다. 나는 b의 손을 잡았다.

추워. 나는 중얼거렸다.

전조등을 켠 차들이 왼쪽에서 오른쪽으로, 오른쪽에서 왼쪽으로, 빠르게 스쳐 지나갔다. 그럴 때마다 머리카락이 왼쪽에서 오른쪽으로, 다시 오른쪽에서 왼쪽으로 흔들렸다. 멀리 또 다른 차가 우리를 향해 다가오기 시작했다. 어둠 속에서 그 흰색 차는 유령 같아 보였다. 차는 조금씩 느려지다가 책의 앞에서 멈춰 섰다. 책이 문을 열었다. 담배 냄새가 났다. 우리는 차 안으로 기어 들어갔다.

17

길은 곧게 뻗어 있었다. 나무들도 곧게 하늘을 향해 팔을 뻗고 있었다. 가로등은 창백한 흰빛을 냈다. 달리는 차는 우리뿐이었다. 저만치 멀어진 도시는 높고 빽빽한 하늘을 어깨에 올려놓고 있었다. 길 양편으로는 텅 빈 벌판이 끝없이 이어졌다. 하늘은 넓은 만큼 어두웠고 별은 거의 보이지 않았다. 가끔씩 낮은 건물들이 나타났다가 재빨리 사라졌다. 책은 책을 읽었고 혼자의 주인은 입을 다물고 있었다. 라디오에서는 새벽같이 피곤하고 창백한 노래가 흘러나왔다. 뒤이어 아파트 단지가 나타났다. 거대한 아파트들이 세상의 끝까지 펼쳐져 있었다. 그 한가운데에 불이 켜진 낮고 커다란 건물, 마트가 보였다.

혼자의 주인은 마트 근처에 차를 세운 다음 밖으로 나와 담배를 피웠다. 책은 차에서 나오지 않았다. 나와 b는 주변을 어슬렁거렸다. 너무 멀리 가면 안 돼. 혼자의 주인이 소리쳤다. 우리는 멈췄다.

고양이 한 마리가 웅크린 채 우리를 노려보고 있었다. 검고 흰 얼룩 고양이었다. 고양이는 부드럽게 몸을 일으키고는 몇 걸음 걷다가 담을 훌쩍 뛰어넘어 사라져 버렸다. 우리는 다시 차로 돌아왔다. 혼자의 주인이 담배를 끄고, 차에 올라타 시동을 걸었다.

마트에 들어서자마자 혼자의 주인은 빠르게 카트를 채워 나갔다. 그러는 동안 책의 카트에 담긴 것은 콜라 한 병과 김, 닭고기가 다였다. 좀 더 담으라고. 혼자의 사장은 그렇게 말한 뒤 책의 어깨를 두드렸다. b는 빈 카트에 들어가 잠이 들었고, 나는 그걸 밀고 다녔다. b는 한 손에 곰돌이 모양 젤리 봉지를 쥐고 있었다. 난 천천히 카트를 밀며 물건들을 구경했다. 혼자의 주인은 등산화들 앞에 서 있었다. 우리는 그를 지나쳐 금붕어들에게로 갔다. 금붕어들은 천천히 헤엄치고 있었다. 지루하다는 표정이었다. 우리는 생선들을 지나쳤다. 거기선 오래되어 상한 바다의 냄새가 났다. 바다에 가고 싶어. 난 중얼거렸다. b는 여전히 눈을 감은 채 카트 위에서 조금씩 흔들렸다. 나는 카트를 힘껏 민 다음 두 손을 놓았다. 카트가 굉장한 속도로 미끄러져 나갔다. 순식간에 과자들을, 커피와 차들을 지나쳐 설탕들 앞에서 멈추었다. 하지만 여전히 b는 움직이지 않았다. 나도 마찬가지였다. b가 누워 있는 카트를 바라보며 난 한참 동안 멈춰 서 있었다.

18

아저씨는 자기가 어른이라고 생각해요?

난 책에게 물었다.

책이 고개를 들었고, 혼자의 주인이 웃음을 터뜨렸다.

거긴 혼자였고 혼자의 주인이 커피를 끓이고 있었다. 나머지는 구석에 놓인 작은 탁자에 모여 앉아 있었다. 빛은 바에서 흘러나오는 것뿐이었다. 스피커에서는 탱고가 흘러나오고 있었다. b는 설탕 그릇을 검지로 쿡쿡 쑤셔 댔다.

너가 보기엔 내가 어른 같냐.

책이 말했다.

아뇨. 난 고개를 저었다.

책이 고개를 끄덕였다. 그렇군.

아니, 제 말은, 그러니까요. 책이 내 얼굴을 가만히 들여다보았다. b와 혼자의 주인도 그렇게 했다. 난 내 얼굴이 조금 빨개진 것을 느꼈다.

아저씨는 어른이잖아요. 어른의 나이잖아요.

그렇지. 혼자의 주인이 미소 지었다.

그런데 어른 같지가 않잖아요.

그래서? 책이 물었다.

우습다는 거죠. b가 말했다.

아니에요. 내가 말했다.

한심하다는 거냐? 책이 물었다.

네. b가 대답했다. 아니요. 내가 대답했다.

그런 거 아니에요. 됐어요. 잊어 주세요.

하하하.

혼자의 주인이 웃었다. 그리고 잔에 커피를 따랐다.

그런데 너희들, 집으로 안 돌아가냐. 혼자의 주인이 물었다.

나와 b는 대답하지 않았다.

안 돌아갈 생각인 거냐?

몰라요. 아무 생각 없어요. 내가 말했다.

안 돌아갈 거예요. b가 말했다.

지금은요. 내가 말했다.

하지만…….

학교에 가면 남자애들이 이유도 없이 막 때려요. 그런데 왜 돌아가야 해요?

엄마는 내가 숙제를 하는지 안 하는지도 몰라요. 그런데 왜 돌아가야 해요?

나는 안경처럼 공부를 잘해서 성공할 생각 없어요. 그런데 왜 돌아가야 해요?

나는 친구가 b밖에 없는데 b는 여기에 나랑 같이 있어요. 그런데 왜 돌아가야 해요?

아저씨는 어른인데도 일도 안 하고 결혼도 안 하고 혼자서 책만 읽잖아요. 그런데 왜 우린 돌아가야 해요?

그건 네가 아직 어른이 아니니까.

혼자의 주인이 말했다.

그럼 어른이 되면 안 돌아가도 돼요?

어.

그런데 왜 다들 아저씨보고 미쳤다고 해요? 왜 아저씨들보고 다들 한심하다고 해요? 왜 다들 아저씨들처럼 되면 안 된다고 말해요?

뭐?

한심하다고? 우리가?

내가 미쳤다고?

네, 다들 아저씨가 미쳤대요. 미쳐서 산속으로 들어간 거래요. 미쳐서 산속으로 들어가서 책만 읽는 거래요.

책은 잠깐 생각하더니 왼손을 들어 팔랑팔랑 흔들며 말했다. 마음대로 생각하라지.

우린, 혼자의 사장이 엄숙하게 말했다. 우린 좀 특별한 경우란다.

저희도 마찬가지예요. b가 말했다.

뭐가 특별한데?

제 동생이 죽었거든요.

19

아저씨는 어떻게 생각해요?

우리가 집으로 돌아가야 한다고 생각해요?

20

알 게 뭐야.

책이 어깨를 으쓱했다.

난 세상일에 신경 안 써.

나는 미소 지었다.

왜?

나는 아저씨가 좀 좋은 거 같아요.

21

뭐?

나쁜 일은 일어나지 않을 거예요.

약속할게요.

22

해가 뜨기 시작할 때쯤 우린 혼자에서 나왔다. 책의 집에 도착
하니 아침이었다. 우리는 라면을 끓여 먹은 다음 잠들었다. 깨어나
니 점심이었다. 우리는 점심으로 닭을 삶아 먹었다. 먹고 나니 다

시 졸렸다. 책은 책을 읽기 시작했다. 나와 b는 다시 잤다. 깨어나니 저녁이었다. 책은 여전히 책을 읽고 있었다. 배가 고프다고 하자 책이 남은 닭에 고춧가루와 간장을 넣어 닭볶음을 만들어 주었다. 우린 그걸 밥에 비벼 먹었다. 아주 맛있었다. 먹고 나니 밤이었다. 책은 다시 책을 읽기 시작했고, 나와 b는 잠들었다.

23

며칠이 흘렀다. 아니 몇 시간인가.

24

책은 침대에 누워 책을 읽고 있었다. 나는 책장에 기대어 낙서를 하고 있었다. b는 풀밭에서 뒹굴며 풀을 뽑고 있었다. 책의 집에서는 책 냄새가 났다. 바닥에서도, 감자에서도, 냄비에서도 책 냄새가 났다. 나는 펜을 내려놓고 바닥에 누워 손가락 발가락을 꼼지락거리기 시작했다. 아주 조용하고 기분 좋은 시간이 흘러가고 있었다. 모든 것이 아주 멀어 보였다. 학교가, 도시가, 엄마가, 그리고 워싱턴 모자한테 얻어맞던 것까지. 며칠이 지난 거지?

책은 여전히 책을 읽고 있었다.

검은 옷을 입고 앉아 책을 읽는 책은 커다란 검은색 돌 같아 보였다. 그게 너무 멋있어 보여서 나도 돌이 되면 좋겠다고 생각했다. 그런데 내 살은 너무 물렁물렁하다. 내 살은 너무 하얗다. 내

몸은 너무 흐느적거린다. 돌보다는,

오징어 같다.

꿈을 꿨다.

책이 말했다. 그건 너무 갑작스럽고 또 자연스러워서 책이 말한 것이라기보다는 환청이나 뭐 그런 것 같았다. 그래서 난 가만히 있었다.

꿈을 꿨다.

책이 다시 말했다.

지금 뭐라고 말했어요?

꿈을 꿨다고.

무슨 꿈인데요?

기억 안 나. 근데 엄청 중요한 꿈이었어.

기억해 내요.

그러려고 하고 있어. 책이 나를 봤다. 눈이 엄청 반짝거렸다.

눈이 반짝반짝하네요. 내가 말했다.

그러냐.

네.

후후후. 그래서 말인데.

책이 책을 내려놓았다. 오늘은 병원에 갈 거다.

병원요?

그래.

무슨 병원요?

사실 병원이 아냐. 하지만 우리는 병원이라고 부른다.

그런 게 어딨어요?

설명할 수 없어.

나도 가도 돼요?

안 돼.

왜요?

책이 나를 보았다. 나는 한껏 불쌍한 표정을 지어 보였다. 그러자 책은 기가 막히다는 표정을 지었다.

젠장.

책이 고개를 푹 숙였다.

25

저녁에 먹은 것은 삶은 감자였다. 우리가 감자를 먹는 동안 책은 서둘러 이를 닦고 옷을 갈아입었다. 옷을 다 입은 책은 가방에 책을 잔뜩 넣기 시작했다. 한번 넣은 책을 자꾸 다른 것으로 바꾸었다. 자꾸자꾸 바꾸었다.

뭘 하는 거야? b가 나에게 속삭였다.

나도 몰라. 나는 대답했다. 하지만 병원에 가려는 것은 확실해. 나는 우유를 마셨다.

나도 우유 좀. b가 말했다. 그리고 서둘러 하나 남은 감자를 입에 넣었다.

책이 가방을 닫았다. 그리고 슬쩍 고개를 돌려 우리를 살폈다.

난 재빨리 b에게 우유를 건넸다. b가 허겁지겁 우유를 마셨다.

같이 가요.

내가 말했다.

그 말에 놀란 책이 균형을 잃고 한쪽으로 넘어질 뻔했다.

우리는 웃지 않았다.

같이 가요.

b가 말했다.

젠장.

책이 고개를 푹 꺾었다.

밖은 이미 어두웠다. 책의 어깨에는 커다란 가방이, 손목에는 검은 비닐봉지가 매달려 있었다. 우리는 재빨리 풀밭을 가로질러 숲으로 들어갔다. 숲은 완벽한 검은색이었다. 책이 손전등을 켰다. 난 b의 손을 꼭 잡았다. 너무 깜깜해서 눈을 뜨고 있는 건지 감고 있는 건지 알 수 없을 정도였다. 가끔씩 손전등에 비친 나뭇잎들은 희게 바래어 보였고, 들리는 것은 숨소리뿐이었다. 갑자기 난 무서워졌다. 내 옆에서 헉헉거리는 것은 b가 맞을까. 나는 b 쪽을 보았다. b의 짧은 머리가 흔들리는 것이 희미하게 보였다. 앗. 갑자기 b가 소리쳤다. 고개를 돌리자 발아래에 커다란 낡은 흰 건물이 보였다. 건물의 이마에 뭔가 써 있었다. 시립 정시병원. 중간에 니은이 사라져 있었다. 시립 정신병원. b가 고쳐 읽었다. 책이 미끄러지듯 뛰어 내려가기 시작했다.

26

병원에 가득한 사람들이 모두 끝에서 온 사람들이라는 건 물어보지 않아도 알 수 있었다. 나와 b가 멈칫거리는 사이 책은 성큼성큼 사람들 사이로 사라져 버렸다. 단둘이 남은 나와 b는 완전히 겁에 질렸다. 하지만 그러다 조금씩 괜찮아졌는데, 사람들이 우리에게 전혀 신경을 쓰지 않았기 때문이다. 구석에는 우리와 비슷한 나이로 보이는 아이들이 괴상한 옷을 입고 심각한 얼굴로 담배를 피우고 있었다. 나는 그 애들한테로 다가갔다. 그러자 한 여자아이가 나에게 욕을 하면서 침을 뱉었다. 그 아이가 뱉은 침이 내 옷에 묻었다. 침이 옷을 타고 흘러내렸다. 나는 어떻게 해야 할지 몰라 가만히 있었다. 내가 가만히 있자 침을 뱉은 아이가 꺼져 이 씨발년아 하고 했다. 그 말에 나는 웃었다. 그러자 뭘 웃어 이 씨발년아 하고 그 애가 다시 말했다. 그 애의 머리는 반은 노랗고 반은 검었다. 목에는 플라스틱으로 된 목걸이를 주렁주렁 매달고 있었고 손목과 발목에도 마찬가지였다. 거미처럼 까맣고 마른 아이였다. 내가 다가가자 그 애가 뒤로 물러섰다. 내 셔츠에는 여전히 그 애가 뱉은 침이 달라붙어 있었다.

뭐야, 이 씨발년아. 그 애가 말했다.

욕하지 마. 내가 말했다. 그러자 그 애와 그 애의 옆에 있던 애들이 웃었다.

꺼져. 그 애가 말했다.

왜, 안 가면 때리려고?

b가 내 팔을 잡아당겼다. 싫어, 놔. 나는 b의 손을 뿌리쳤다. 그리고 그 애 쪽으로 조금 더 가까이 갔다. 그 애의 뒤는 벽이었기 때문에 그 애는 더 이상 움직일 수가 없었다.

침 뱉지 마. 욕도 하지 마.

그 애는 눈을 커다랗게 뜨고 나를 쳐다보았다. 나는 그 애의 머리를 툭 때렸다.

그 애는 계속 눈을 커다랗게 뜨고 가만히 있었다.

기분 나쁘단 말이야.

알았어.

너무 순순히 그렇게 말했기 때문에 나는 좀 당황했다.

알았다고. 그러니까 꺼져. 나는 조금 망설이다가 돌아섰다. 그런데 그 순간 b가 소리를 질렀고 동시에 그 애가 내 등에 올라탔다. 나는 바닥에 고꾸라졌다. 그 애가 내 양 귀를 잡아당기기 시작했다. 나는 버둥거리다가 엉겁결에 그 애의 배를 걷어찼다. 악. 비명을 지르며 그 애가 바닥에 엎어졌다. 나는 어떻게 해야 할지 몰라 가만히 있었다. b는 멍한 얼굴을 하고 있었다. 그 애가 울음을 터뜨렸다. 나는 우는 그 애와 b를 번갈아 쳐다보았다. 그 애의 주위에 있던 아이들도 우는 그 애를 그냥 쳐다보기만 했다. 그 애들 뒤에 있는 어른들은 심지어 그 애를 쳐다보지도 않았다. 우는 애의 목에 걸린 플라스틱 목걸이들이 서로 부딪쳐 달그락달그락 소리를 냈다.

괜찮아? b가 물었다.

어.

머리가 헝클어졌어.

괜찮아.

가자.

어.

하지만 그러고 나서도 우리는 한참 동안 멍하니 서 있었다. 우는 애는 내내 울음을 멈추지 않았고, 다른 아이들의 손에 들린 담배가 천천히 타들어 가고 있었다.

27

거긴 병원이었다. 그러니까 지금은 아니라는 뜻이다. 지금 무엇으로 쓰이는지는 알 수 없었다. b는 쓰레기장 같다고 했다. 나는 공장 같다고 했다. b는 학교 같다고 했다. 나는 쉬는 시간 같다고 했다. 우리는 사람들을 헤치고 나와 건물의 맨 꼭대기 층으로 올라갔다. 거기는 아주 조용하고 텅 비어 있었는데, 귀를 기울이자 어디선가 말소리가 들려왔다. 그 소리를 좇아 b가 이 문과 저 문에 귀를 기울였다. 난 창밖을 내다보았다. 검은 숲이 보였다.

이리 와 봐. b가 날 불렀다.

b는 복도 끝 방 앞에 서 있었다. 열린 문틈으로 빛이 새어 나오고 있었다. 나는 그리로 갔다.

우와.

난 작게 외쳤다. 그 방은 책으로 가득 차 있었다. 책의 집보다 더 많은 책들로 말이다. 그리고 당연하게도 책이 거기에 있었다.

책 말고도 다른 사람들이 더 있었는데, 그 사람들은 일 층에 있는 사람들하고는 완전히 달라 보였다. 그러니까 다들 젊어 보였고 멀쩡한 옷을 입고 있었다. 책은 흰 옷을 입은 사람과 함께 탁자에 가득 쌓인 책을 들여다보고 있었다.

내가 어제 꿈을 꾸었는데…….

책이 말했다. 그때 책과 나의 눈이 마주쳤다.

왔냐.

혼자만 가 버리면 어떡해요.

나는 말했다.

책은 대꾸하지 않았다.

무슨 꿈을 꿨는데?

흰 옷을 입은 사람이 물었다.

책이 되는 꿈을 꿨어.

정말이야?

그렇다니까.

무슨 책이 됐는데? 흰 옷을 입은 사람이 물었다.

그래, 좀 더 자세하게 말해 봐. 녹색 옷을 입은 사람이 말했다.

표지가 녹색이었어. 그리고…….

네 이름이 무지개 색으로 써 있었지?

어.

삼백육십칠 페이지에 북동쪽으로 가시오?

어.

육십칠 킬로미터?

맞아.

축하해. 녹색 옷을 입은 사람이 말했다. 정확해, 완전히 정확해.

그럼 이제 앞으로 얼마나 남은 거지? 책이 물었다.

글쎄. 지금까지 얼마나 걸렸지? 녹색 옷을 입은 사람이 물었다.

글쎄. 책이 어깨를 으쓱했다. 삼 년?

그것보단 짧을 거야. 흰 옷을 입은 사람이 말했다. 오래 안 걸려.

다행이야. 힘들었어. 책이 한숨을 쉬었다. 그때 b가 비명을 질렀다. b는 빨간 옷을 입은 사람에게 붙잡혀 있었다. 넌 누구냐?

괜찮아, 놔둬. 책이 말했다.

아는 애들이야?

어. 아냐, 몰라. 아니, 아는 애들이야.

안다는 거야, 모른다는 거야?

안다고, 알아.

빨간 옷을 입은 사람이 못마땅한 표정으로 b를 놓아주었다. b가 나에게로 달려왔다.

여기는 너희가 올 만한 데가 아냐.

왜요?

집으로 돌아가.

싫은데요.

빨간 옷을 입은 사람이 한숨을 쉬었다.

지하로 가라, 지하로. 녹색 옷을 입은 사람이 말했다.

그래, 지하로 가라. 책이 말했다.

싫어, 안 가. b가 말했다.

녹색 옷, 흰 옷, 빨간 옷이 한꺼번에 한숨을 쉬었다.

알았어요. 그럼 우리는 지하에 가 있을게요. 다 끝나면 데리러 오세요. 나는 말했다.

어, 그래. 책은 건성으로 대답했다.

b가 욕을 했다.

흰 옷, 녹색 옷, 빨간 옷이 모두 b를 쳐다보았다.

안녕히 계세요!

난 크게 외치고 b의 손을 잡고 거기서 나왔다. 책 미워! b가 소리 질렀다. 방 안에서 웃음소리가 들려왔다. 화가 난 b가 어깨를 들썩

들썩했다. 우리는 계단을 내려가기 시작했다. 그러자 어딘가에서 타는 냄새와 뒤섞인 오줌 냄새가 났다. 켁. b가 기침을 했다. 이게 뭐야. 모르겠어. 불난 거 아냐? 하지만 아무도 안 도망치는데. 미쳐서 그래. b가 멈추었다. 일단 내려가 보자. 내가 말했다. 싫어. 나 안 내려갈래. b는 단호했다. 나는 할 수 없이 멈추었다. 옆에서 한 남자가 우리를 보고 있었다. 그는 밀짚모자를 쓰고 있었는데 착한 아저씨 같아 보였다.

저 아래에 무슨 일 있어요?

나도 몰라. 오늘 처음 왔거든. 남자가 웃었다.

너희도 처음 왔니?

네.

그럼 같이 가자. 남자가 내 손을 잡았다. 나는 b의 손을 잡았다. b는 가기 싫다고 투덜거렸지만 결국 항복했다. 내려갈수록 냄새와 연기가 짙어졌다. 우리는 손을 꼭 잡고 더듬거리며 천천히 계단을 밟아 내려갔다. 지하에 도착해서야 우리는 연기의 비밀을 알 수 있었다. 입구에서 나뭇가지를 태워 커다란 선풍기로 연기를 위쪽으로 올려 보내고 있었던 것이다.

왜 이러는 거예요? 나는 남자에게 물었다.

글쎄, 나도 몰라, 히히히. 남자가 웃었다.

그런데 아저씨 여기엔 왜 오신 거예요?

글쎄, 나도 몰라, 히히히. 남자가 웃었다. 아무래도 미친 남자 같왔다. 야, 그냥 우리끼리 가자. b가 말했다. 응. 나는 남자의 손을 놓았다. 남자는 그 말을 듣고도 계속 웃었다. 나는 남자에게 인사했다.

그럼 안녕히 가세요.

어, 그래. 남자는 웃었다. 웃으면서 조금씩 멀어졌다.

선풍기 뒤로 활짝 열린 문 위에는 대회의장이라고 쓰여 있었다. 거기서도 타는 냄새와 연기가 났는데 계피를 태우는 향 같았다. 너무 매워. b가 눈물을 글썽였다. 나는 어지러워. 내가 말했다. 천장에서 커다란 선풍기 두 대가 천천히 돌아가고 있었고, 선풍기의 날개에는 반짝이는 것들이 잔뜩 매달려 있었다. 어떤 사람들은 바닥에 누워 있었는데 그 사람들을 다른 사람들이 막 밟고 지나다녔다. 그런데 밟힌 사람들은 아무 소리도 안 냈다. 저기 좀 봐. b가 손을 뻗었다. 거기 혼자의 사장이 있었다. 혼자의 사장은 어떤 여자랑 춤을 추고 있었는데 그 여자는 분홍색 가발을 쓰고 있어서 금세 눈에 띄었다. 저게 누군지 알아? b가 물었다. 나는 모른다고 했다. 난 알아. b가 말했다. 서울 식당의 막내딸이야. 나는 갑자기 배가 고파졌다. 그러자 서울 식당의 막내딸이 갑자기 밥으로 보였다. 어이쿠. 왜? b가 물었다. 저 언니가 밥으로 보여. 그러자 b가 웃었다. 계피 냄새가 더 강해지고 있었다. 그래서 나는 눈물을 흘리기 시작했다. 어디선가 음악 소리가 흘러나오고 있었다. 그건 내가 모르는 노래였다. 삶은 신비로워요. 모두가 혼자서 견뎌 내야 하죠. 마돈나예요. 어떤 남자애가 나에게 말했다. 그 애는 아까 나에게 침을 뺄었던 여자애의 옆에 서 있던 남자애였다. 나는 고개를 끄덕였다. 그 애가 눈물을 닦았다. 눈이 매워서 우는 게 아니에요. 노래가 너무 좋아서 우는 거예요. 그러자 b가 말했다. 나는 눈이 매워서 운다. 나는 어지럽다. 내가 말했다.

그곳으로 당신을 데려가 줄게요. 기도처럼요. 마돈나가 그렇게 노래했다. 기도처럼요.

그리고 갑자기 주위가 조용해졌다. 들리는 건 마돈나의 목소리뿐이었다. 문득 난 기도가 하고 싶어졌다.

어,

기도가 하고 싶다고 생각했다.

그 순간 내 눈앞에 떠오른 것은 바다였다. 바다가 되고 싶어. 그게 내 기도였다. 책이 책이 되고 싶은 것처럼, b가 물고기가 되고 싶은 것처럼 나는 바다가 되고 싶다. 근데 그건 불가능하잖아. 그러니까 기도를 해야 하는 거야. 점점 더 많은 사람들이 대회의장으로 밀려들고 있었다. 사람들은 음악에 맞춰 미친 듯이 몸을 흔들었다. 문득 옆을 보자 b가 없었다. 난 큰 소리로 b를 불렀다. 하지만 들려오는 건 음악 소리와 사람들의 헐떡이는 숨소리뿐이었다. 나는 사람들 틈으로 멀어지는 b를 겨우 찾아냈다. b가 나를 향해 손을 흔들고 있었다. 순식간에 벌어진 일이었다. b는 완전히 사라져 버렸다. 주위에는 모르는 사람들뿐이었고 그 사람들은 나한테 아무 관심도 없었다. 난 질끈 눈을 감았다. 그러자 다시 바다가 나타났다. 새파란 바다가 내 눈앞에 있었다. 난 눈을 떴다. 그러자 거기는 다시 대회의장이었다. 어지러웠다. 계피 냄새와 음악과 사람들과 땀과 눈물이 날 어지럽게 했다. 혼자의 사장은 서울 식당의 언니를 부둥켜안고 있었다. 서울 식당의 언니는 짧은 치마를 입고 엉덩이를 흔들고 있었다. 바닥에는 찢어진 라면 박스들이 뒹굴고 있었다. 그것들은 더 작게, 찢어지고 또 찢어졌다. 머리 위로는 치약 뚜껑이 날아다녔다. 구겨진 담뱃갑과, 나이트클럽의 전단지와, 로켓 모양 플라스틱 열쇠고리와, 거기에 쓰여 있는 식당의 이름과, 서울 식당, 그 아래에 적힌 전화번호, 팔, 일, 육, 칠, 일, 오, 오, 삼, 그리고 다 타 버린 계피와 못 쓰게 된 나무젓가락과 라면 수프, 어, 갑자기 사람들이 라면 수프를 불에 뿌렸다. 순식간에 맵고 빨간 연기가 그곳을 가득 채웠다. 정신이 나가기 위해서, 아니 이미 나가 있기 때문에, 정신이 나간 사람들이 플라스틱 코끼리를 태우기 시작했다. 동사무소에서 나누어 준 시계와, 해변으로 밀려온 체크무늬 스카프와, 공장의 이름이 새겨진 점퍼와, 양말과, 다 쓴 볼펜을 태우기 시작했다. 이제 사람들의 눈은 모두 새빨개져 있었고, 눈물을 줄줄 흘리며 엉덩이를 흔들었다. 팔과 가슴, 어, 가슴을 흔들었다. 머리를 흔들고 입으로 우우우 소리를 냈다. 두 팔을 앞으로 쭉 뻗었다. 허리를 돌리고, 발을 구르며 울었다. 아, 나도 참지 못하고 손을 쭉 뻗었다. 그것을 누군가 움켜잡았다. 그걸 또 누군가 잡았다. 나는 꼭 잡힌 손을 흔들며 외쳤다. 바다가 되고 싶어요! 그러자 다른 사람이 소리쳤다. 나는 죽고 싶다! 아니, 나는 죽기 싫어요, 바다가 되고 싶어요! 나는 죽고 싶어! 삶은 신비로워요. 하지만 난 죽고 싶어! 모두가 혼자서 견뎌 내야 하죠. 하지만 난 죽고 싶어! 당신이 내 이름을 부르는 게 들려요. 하지만 난 죽고 싶어! 죽고 싶다고! 사람들이 외쳤다. 모두 다 함께 외쳤다. 죽고 싶다고 외쳤다. 소리는 점점 더 커졌다. 더 이상 노랫소리는 들리지 않았다. 죽고 싶다, 죽고 싶다, 외치는 소리만 들렸다. 하지만 난 바다가 되고 싶다고! 그리고 눈을 떴을 때 거기에 꿈처럼 책이 있었다. 책은 웃고 있었다. 나도 웃었다. 웃으며, 나는 책을 향해 손을 뻗었다. 책도 나를 향해 손을 뻗었다. 그리고 그를 향해 걸어가다가 나는 그대로 굳어 버렸다. 책은 혼자가 아니었다. 내가 아주 잘 아는 사람과 함께였다. 그건 워싱턴이라고 쓰여 있는 모자를 쓴 사람이었다.

28

워싱턴 모자는 웃고 있었다.

그건 아주 귀여웠다.

29

모자가, 아니 모자들이, 그리고 더 많은 모자들이, 웃으며, 활짝, 검게 그을린 팔을 뻗었다. 놀라서 눈을 크게 뜬 책의 얼굴이 획, 멀어졌다. 나는 살려 달라고 외쳤다. 하지만 사람들은 죽고 싶다 소리 지르느라 내 비명을 듣지 못했다. b는 여전히 보이지 않았다. 나는 눈을 감았다. 하지만 바다는 떠오르지 않았다. 아무것도 떠오르지 않았다. 커다란 손들이 내 몸을 꼭 붙들었다. 마지막으로 워싱턴 모자의 손이 내 목을 쥐었다.

30

네가 없어서 심심했어. 워싱턴 모자가 그렇게 말하더니 나를 발로 찼다. 네가 없어서 정말 심심했어. 그렇게 말한 워싱턴 모자가 나를 다시 걷어찼다. 심심했다고! 알아? 커다란 선풍기가 내 눈 위에서 빠르게 소용돌이치고 있었다. 눈을 감고 있지만 나는 그걸 볼 수 있었다. 날개들이, 점점 가까워지며, 더 빠른 속도로 도는 것을 말이다. 그것들이 곧 내 몸을 갈기갈기 찢어 놓을 것이다.

난 심심한 게 싫어. 워싱턴 모자가 말했다. 그런데 네가 날 심심하게 만들었어. 네가 날, 심심하게 만들었다고!

난 생각했다.

나는 바다가 되지 못할 게 분명하다.

그러고는 정신을 잃었다.

31

눈을 떴을 때, 거기는 병원 뒤의 쓰레기장이었다. b는 내 옆에 누워 있었다. 왜 그러셨어요. 워싱턴 모자가 책에게 그렇게 말했다. 워싱턴 모자가 보였다. 그는 서 있었다. 책은 바닥에 누워 있었다. 그 주위를 다른 모자들이 빙 둘러싸고 있었다. 워싱턴 모자가 책을 발로 찼다. 신경 끄시지 그러셨어요. 가시던 길 그냥 가시지 그러셨어요. 책을 발로 차는 워싱턴 모자는 아주 멋진 운동복을 입고 있었고 웃었고 그 웃음은 아주 귀여웠다. 책은 아주 얌전하게 맞고 또 뒹굴고 있었다. 그런 책의 눈은 감겨 있었다. 눈을 감은 책의 얼굴엔 표정이 없었다. 난 b를 속삭여 불렀다. 하지만 b는 대답이 없었다. 나는 몸을 일으켰다. 워싱턴 모자가 책을 발로 차는 소리가 계속 들렸다. 그 소리밖에 안 들렸다. 머리가 깨질 것같이 아팠다. 시간이 아주 천천히 흐르는 것 같았다. 아니 거의 흐르는 것 같지 않았다. 워싱턴 모자가 다시 한 번 책을 발로 찼다. 순간, 나는 뭔가 반짝이는 것을 보았다. 그건 별도 먼지도 아니었다. 커다란 검은 돌이었다. 난 그걸 집어 들었다. 부서지도록 꼭 쥐었다. 이제 시간은 완전히 멈추었다. 난 걷기 시작했다. 아픈 머리에서는 아주 작게 달그락달그락 소리가 났다. 빈 필통 같아. 난 생각했다. 그리고,

픽, 하는 소리가 났다.

갑자기 주위가 조용해지고 모든 것이 멈추어 섰다. 나는 워싱턴 모자가 머리에 손을 올린 채 바닥에 엎어져 있는 것을 보았다. 엎어진 워싱턴 모자의 머리에는 모자 대신 붉은 것이 묻어 있었다. 고개를 돌리자 다른 모든 모자들이, 나를 보고 있었다. 나는 내 손에 들린 돌을 보았다. 거기 워싱턴 모자의 머리에 묻은 것과 같은 것이 묻어 있었다. 돌이 먼저 땅으로 떨어졌고 나도 그렇게 되었다.

튀김

바다는 항상 똑같았다.

계속해서 파도는 왼쪽에서 오른쪽으로, 다시 왼쪽으로 밀려갔고

아이들은 검게 탄 몸으로 바다로 뛰어들었다.

1

꿈에서 책은 언제나 책을 불태웠다.

2

한참 동안 거울을 들여다보았다. 거울에 비친 건 교복을 입은 나
였다. 아주 어색해 보였다. 엄마가 학교 앞까지 데려다 주었다.

시끄럽던 교실이 내가 들어가자 조용해졌다. 맨 앞에 안경이
보였다. 안경은 문제집을 풀고 있었고 그 옆에 하늘이 앉아 있었
다. 나는 안경의 뒷자리에 앉았다. 그러고는 가만히 칠판을 바라보
았다.

조금씩 교실이 다시 시끄러워지기 시작했다. 나만 빼고 말이다.

종이 쳤다.

일 교시는 영어였다. 나는 교과서를 꺼냈다.

다시 종이 쳤다. 쉬는 시간이었다.

다시 종이 쳤다. 체육이었다.

다시 종이 쳤다.

다시 종이 쳤다.

다시 종이 쳤다.

그러는 동안 나는 몇 번인가 더 책을 꺼냈다가 다시 집어넣고 화장실에 다녀오고 체육복을 입었다가 벗었다. 그러는 동안 아무도 나에게 말 걸지 않았다. 난 모든 걸 혼자서 했다. 남은 시간에는 가만히 앉아서 칠판을 보았다.

점심시간에 나는 아무것도 안 먹고 잠을 잤다. 꿈을 꿨는데, 그건 언제나처럼 책에 대한 것이었다. 책은 책을 불태웠고 마지막엔 그 불길 속으로 걸어 들어갔다. 나는 그런 책을 보기만 했다. 소리치지도 않고 울지도 않았다. 그게 다였다. 항상 같은 꿈이었다.

홍랑. 선생님이 날 불렀다. 네. 칠판에 나와서 팔 번 문제를 풀어봐. 네. 나는 칠판으로 나갔고 펜을 들고 문제를 바라보았다. 가만히 바라보기만 했다. 한참을 그러고 있었다. 선생님이 자리로 들어가라고 했다.

다시 종이 쳤다.

난 가방을 닫고 자리에서 일어났다.

집으로 돌아오는 길의 버스에서는 내 옆자리에 앉은 여자애가 휴대폰에 대고 속삭였다. 지금 내 옆에 그 미친년이 앉아 있어. 난 그 애를 보지 않았다. 대신 창밖을 조금 보다가 눈을 감았다.

나는 그 뒤로 버스를 타지 않았다. 걸어 다녔다.

3

방학 동안 나와 b, 그리고 워싱턴 모자는 같은 병원에 있었다. 하지만 신기하게도 우리는 워싱턴 모자와 단 한 번도 마주치지 않았다. 안경이 딱 한 번 병원에 왔었다. 우리는 병원 앞 돈가스 집에 가서 돈가스를 먹었다. 먹는 동안 서로 아무 말도 안 했다.

b와 나는 같은 병실에 있었지만 우리는 서로 말 안 했다. 우리 엄마와 b도 말 안 했다. 나와 b의 부모님도 마찬가지였다. 우리들은 모두 조용히 텔레비전을 보거나 자는 척했다.

병원에서 나왔을 땐 여전히 방학이었다. 나는 바다에 안 갔다. 엄마가 못 가게 했기 때문이다. 대신 나는 할머니 방에서 놀았다. 거기서 똑같은 만화책을 백 번 읽거나 라디오를 들었다.

딱 한 번 경찰서에 갔다. 거기 책이 있었고 책의 옆에는 혼자의 사장이 있었다. 책은 나와 b에게 아는 척하지 않았다. 우리도 그랬다. 경찰들은 책을 김오성이라고 불렀다. 김오성이, 제대로 대답 안 할 거야, 김오성이. 그렇게 말했다. 그러면 책은 책이 읽고 싶다

고 말했다. 경찰들은 책에게 스포츠 신문을 쥐여 주었다. 책은 그
것을 아주 소중하게 다루었다. 김오성이, 감옥에 가면 좋겠네. 하
루 종일 책을 읽을 수 있으니 좋겠네. 경찰이 그렇게 말하자 책은
겁먹은 표정을 지었다. 그러니까 제대로 대답을 하라는 거야! 경
찰은 또 그렇게 소리쳤고 그러면 책은 더 겁먹은 표정을 지었다.

왜 책이 감옥에 가야 돼? 나는 엄마에게 물었다.

아냐, 감옥 안 갈 거야. 엄마가 대답했다.

그런데 왜 그래? 왜 경찰들이 감옥에 보내겠다고 협박해?

엄마는 대답하는 대신 내 머리를 쓰다듬어 주었다. 나는 엄마의
손을 꼭 잡았다.

내 옆에는 b가 있었다. b는 혼자였다. b의 엄마는 공장에서 택시
를 타고 오는 중이었다.

한참 뒤에야 b의 엄마는 도착했다. b의 엄마는 늙어 보였다.

4

책은 다시 북쪽 언덕으로 돌아가지 못했다. 워싱턴 모자는 전학
을 갔다. b의 동생은 뒤늦게 장례식을 치렀다. 그리고 b는 아주 먼
곳으로 이사를 갔다. 혼자도 문을 닫았다. 그곳엔 편의점이 들어
섰다.

학교에서는 도쿄 모자가 워싱턴 모자 행세를 하기 시작했다. 다
행히 도쿄 모자는 남자애들만 괴롭혔다. 딱 한 번, 시내에서 워싱

턴 모자를 본 적이 있었다. 워싱턴 모자는 이제 모자 같은 건 안 쓰고 머리를 길게 길러서 노랗게 염색을 하고 있었다.

모든 게 예전으로 돌아간 것 같았다. 곧 겨울이 왔고, 아무 일도 일어나지 않았다. 계속해서 아무 일도 일어나지 않았다. 처음에는 몹시 화가 났지만 화는 차츰 작아지더니 결국 사라져 버렸다. 곧 방학을 했고 다시 방학이 끝났고 그리고 봄이 왔다. 다시 여름이 왔다. 다시 가을이 왔다. 그리고 다시 겨울이 지나 봄이 왔을 때 나는 고등학생이 되었다.

나는 학원을 다니기 시작했다.

이따금 그 화는 어디로 가 버렸을까 궁금해졌다.

가끔 바다에 갔다. 바다는 항상 똑같았다. 계속해서 파도는 왼쪽에서 오른쪽으로, 다시 왼쪽으로 밀려갔고 아이들은 검게 탄 몸으로 바다로 뛰어들었다. 하지만 난 더 이상 바다가 되기를 바라지 않았다. 그러는 사이 계절이, 해가 바뀌었다. 모든 것이 같았다. 여름 다음은 가을이었고 겨울 다음은 여름이 아니었다. 결국 기적은 일어나지 않았다. 그리고 나는 더 이상 그것을 바라지도 않았다. 더 이상 좋은 일은 아무것도 없었다. 남은 것은 어른이 되는 일뿐이었다.

나는 어른이 되기를 기다렸다.

창비청소년문학 39

나b책

초판 1쇄 발행 • 2011년 8월 26일
초판 5쇄 발행 • 2021년 6월 14일

지은이 • 김사과
펴낸이 • 강일우
책임편집 • 정소영
펴낸곳 • (주)창비
등록 • 1986년 8월 5일 제85호
주소 • 10881 경기도 파주시 회동길 184
전화 • 031-955-3333
팩시밀리 • 영업 031-955-3399 편집 031-955-3400
홈페이지 • www.changbi.com
전자우편 • ya@changbi.com

© 김사과 2011
ISBN 978-89-364-5639-9 43810